dtv

HERVÉ LE TELLIER

ALL DIE GLÜCKLICHEN FAMILIEN

Aus dem Französischen
von Jürgen und Romy Ritte

dtv

Die Originalausgabe erschien 2017 unter dem Titel
Toutes les familles heureuses bei
Éditions Jean-Claude Lattès, Paris.

**Ausführliche Informationen über
unsere Autoren und Bücher
www.dtv.de**

MIX
Papier aus verantwortungsvollen Quellen
FSC
www.fsc.org
FSC® C083411

Deutsche Erstausgabe
dtv Verlagsgesellschaft mbH & Co. KG, München

Gesetzt aus der Scala
Satz: Greiner & Reichel, Köln
Druck und Bindung: CPI books GmbH
Gedruckt auf säurefreiem, chlorfrei gebleichtem Papier
Printed in Germany · ISBN 978-3-423-28971-9

Für Melville

»Die Wunde ist die Stelle, wo das Licht in euch eindringt.«

Jalâl al-Dîn Rûmî

STAMMBAUM DES ERZÄHLERS

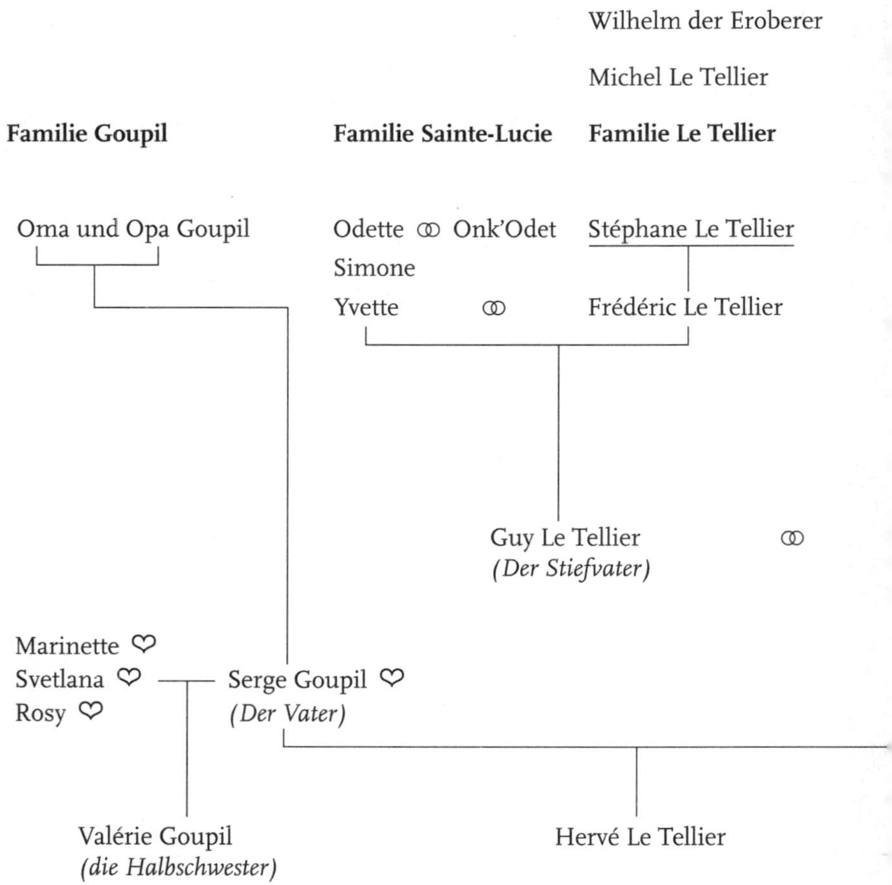

Familie Michel **Familie Leitner** **Familie Brenner**

Joseph Michel

Serge Brenner

Alberte Leitner ⚭ Léon, dieser Arsch

Blanche Leitner ⚭ Diego Ariza u.Venezuela

Raphaël Michel ⚭ Amélie Leitner
(Großpapa) *(Oma)*

Marceline
(Die Mutter)

Raphaëlle *(Tante)* ⚭ Serge Brenner

Aline Brenner
Serge Brenner

I

DIE DIALEKTIK DES MONSTRUMS

»Höre auf deinen Vater, der dir das Leben geschenkt hat,
und missachte nicht deine alt gewordene Mutter.«
Sprüche 23.22

Es dürfte ein Skandal sein, seine Eltern nicht geliebt zu haben. Ein Skandal, sich auch nur die Frage gestellt zu haben, ob es eine Schande sei oder nicht, wenn man in seinem Innersten, trotz aller Anstrengungen in der Jugend, nicht ein so normales Gefühl wie die sogenannte Sohnesliebe empfindet.

Kinder dürfen nicht gleichgültig sein. Sie sind also dazu verdammt, auf immer Gefangene der Liebe zu sein, die sie spontan ihren Eltern entgegenbringen, ganz gleich, ob diese gut oder böse, intelligent oder idiotisch, in einem Wort: liebenswert sind oder nicht. Verhaltensforscher bezeichnen diese unkontrollierbaren und angeborenen Bezeugungen von Zuneigung als Prägung. Fehlende Sohnesliebe ist nicht nur eine Beleidigung für den Anstand, sondern auch eine Messerattacke auf das schöne Gebäude der Kognitionswissenschaft.

Ich war zwölf Jahre alt. Es muss ungefähr elf Uhr abends gewesen sein, und ich schlief noch nicht, denn es war einer dieser sehr seltenen Abende, an denen meine Eltern zum Essen ausgegangen waren. Allein daheimgeblieben, habe ich wohl gelesen, sicher Isaac Asimov oder Frederic Brown oder Clifford D. Simak. Das Telefon klingelte. Mein erster Gedanke war: Das ist die Polizei, es hat einen Autounfall gegeben, meine Eltern sind tot. Ich sage »meine Eltern«, um zu vereinfachen (man muss immer vereinfachen), denn es handelte sich um meine Mutter und meinen Stiefvater.

Es war nicht die Polizei. Es war meine Mutter. Sie verspäteten sich, sie wollte mich beruhigen.

Ich habe aufgelegt.

Soeben hatte ich entdeckt, dass ich mir keine Sorgen gemacht hatte. Ich hatte ihr Verschwinden ohne Angst oder Trauer ins Auge gefasst. Ich war erstaunt, so rasch meine Situation als Waise akzeptiert zu haben, erschrocken auch über ein kleines enttäuschtes Zwicken im Bauch, als ich die Stimme meiner Mutter erkannt hatte.

Da wusste ich, dass ich ein Monster war.

*

* *

Von Serges Tod erfuhr ich an einem sonnigen Nachmittag. Serge ist mein Vater. Man fuhr mich gerade im Auto zum Festival von Manosque. Ich erinnere mich, dass außer dem Fahrer mindestens noch der Dichter Jean-Pierre Verheggen und der Schriftsteller Jean-Claude Pirotte im Wagen saßen.

Das Handy hatte geklingelt, die angezeigte Nummer war mir unbekannt und ich nahm ab. Es war meine Schwester. Ich sage

»meine Schwester«, obwohl sie in Wahrheit meine Halbschwester ist, auch wenn mir nie wirklich bewusst war, dass ich eine Halbschwester hatte. Sie ist sieben oder acht Jahre jünger als ich; infolge meiner Adoption durch den Stiefvater tragen wir nicht denselben Nachnamen, und wir sind uns wohl nur ein halbes Dutzend Mal in unserem ganzen Leben über den Weg gelaufen. Ich habe indes eines Tages begriffen, dass sie mir den heroischen und mystifizierenden Mantel des großen, fernen Bruders umgehängt hatte, ein imaginäres Prunkgewand, das aus mir ihren Bruder machte, ohne dass es meinerseits irgendetwas gegeben hätte, das aus ihr meine Schwester machte. Aber ich hatte es aufgegeben, ihr diese grundlegende und enttäuschende psychologische Wirklichkeit nahezubringen. Wir hatten einander seit mehreren Jahren nicht mehr gesprochen.

– Unser Vater ist tot, hat sie mir gesagt.

Ich habe, unfähig zu antworten, durch die Scheibe geschaut, während die provenzalische Autobahnlandschaft an mir vorbeizog.

Wir beide teilten so etwas wie die Abwesenheit eines Vaters, da ich ihn nie wirklich gekannt und sie das väterliche Domizil mit ungefähr fünfzehn verlassen hatte, um sich zu ihrer Mutter zu flüchten, und sie ihn in der Folge nur selten wiedergesehen hatte. Diese Leerstelle, der fehlende Vater in unser beider Leben, war im Übrigen der einzige konkrete Gegenstand unserer sehr seltenen Gespräche. Im Unterschied zu mir, der ich mich schließlich mit dieser Abwesenheit abgefunden hatte, war sie, die ihre Kindheit mit ihm verbracht hatte, dazu nicht in der Lage und litt darunter. An jenem Morgen hatte sie wirklich unseren abwesenden Vater verloren.

– Unser Vater ist tot, hat sie wiederholt.

– Ah? Er ist tot? Seit wann denn?

Ich spürte die Stille, die sich im Auto eingestellt hatte. Das ist häufig die Wirkung des Wortes »tot«.

Sie erklärte mir kurz, er sei wegen Atembeschwerden ins Krankenhaus gekommen, die Lage habe sich dort verschlimmert, und in der Nacht sei er von einer Lungenembolie hinweggerafft worden.

Ich erkundigte mich nach den praktischen Details, nach Tag und Ort der Beerdigung. Ich habe kurz daran gedacht, ihr mein Beileid auszudrücken, aber das wäre nicht sehr elegant gewesen. Ich habe noch eine lange Minute Trauer vorgetäuscht, dann aufgelegt. Jean-Pierre Verheggen schaute mich besorgt an.

Zu seiner Beruhigung sagte ich lächelnd: »Nichts Schlimmes. Mein Vater ist gestorben.«

Jean-Pierre hat gelacht, und da wusste ich, dass ich ein Monster war.

*

*   *

Ich habe vom Tod meines Stiefvaters während des PEN-Festivals in New York erfahren, durch einen Anruf des Krankenhauses Bichat. Ich war in die Vereinigten Staaten geflogen, als er bereits seit einer Woche auf der Intensivstation lag. Es bestand aber keinerlei Lebensgefahr, und in Paris zu bleiben, um einen Mann zu besuchen, der im künstlichen Koma gehalten wurde und meiner Mutter Beistand vorzuspielen, schien mir nicht zwingend erforderlich.

Ich rief einmal täglich an, ich verstand, dass Guys Zustand sich nach und nach verschlechterte, dass die Antibiotika sich mit den Entzündungshemmern in einem eher ineffizienten und auf die Dauer tödlichen Wechselspiel befanden. Ich habe vorgezogen, nicht dort zu sein. Betroffenheit zu simulieren wäre noch schändlicher gewesen, als meine Gleichgültigkeit durchscheinen zu lassen, und das gegenüber einem Krankenhauspersonal, das schon alles gesehen hat und sich nichts mehr vormachen lässt.

Ich habe meinen Stiefvater nie geliebt, und ich kann mir nicht vorstellen, dass dieser Mangel an Gefühlen nicht gegenseitig war. Es ist, wie man so sagt, niemals der Funke übergesprungen.

Ich war anderthalb Jahre alt, als er meine Mutter heiratete. Die Stelle des Vaters stand weitestgehend zur Disposition, aber er riss sich nicht darum, sie zu besetzen, und im Übrigen war auch ich nicht wirklich bereit, sie durch ihn besetzen zu lassen. Die Stelle ist schließlich nie vergeben worden. Die einen werden hierzu mit Gewinn die Studie von Pedersen *et al.* (1979) über den bestimmenden Einfluss des Vaters auf die kognitive Entwicklung des männlichen Nachwuchses lesen. Den anderen erklärt man am besten, dass die Vaterfigur einen anderen Weg einschlug.

Guy und ich passten nie zusammen. Ich kann mich an keinerlei Zärtlichkeit, keinerlei Vertraulichkeit erinnern, und ich hatte wohl kaum das sogenannte Alter der Vernunft erreicht, als ich entschied, dass er ein Dummkopf sei, ein sicherlich verfrühtes Urteil, das indes niemals in irgendeiner Weise widerlegt wurde.

Eines Tages ließ ich zu Hause eine persönliche Meinung verlauten. Eine Unbedachtheit, denn so etwas passierte mir nur selten, da die Debatten, die durch die von mir vertretenen Ideen ausgelöst wurden, mich nie zufriedenstellen konnten. Ich war elf Jahre alt, es war der Mai '68, und ich hatte – ohne viel Federlesens, das stimmt – de Gaulles Innenminister, Michel Debré, als »dummes Arschloch« bezeichnet. Die Antwort meines

Stiefvaters war: »Wäre er ein so dummes Arschloch, wäre er nicht da, wo er ist.« Diesem Satz verpasste ich umgehend das Etikett ›unterwürfige Blödigkeit‹, wenngleich mir spontan die Formulierung: »Dieser Kerl ist ein wirklich dummes Arschloch« durch den Kopf ging, was beweist, dass das Wort »Arschloch« mir leicht von der Zunge ging. Ich beschloss, keine Zeit mit einem fruchtlosen Streit zu verlieren, was in der Adoleszenz, jener Phase, die den Persönlichkeit konstruierenden Konflikten günstig ist, zweifellos ein Beleg sowohl für Weisheit als auch für einen Überlegenheitskomplex darstellt.

Mein Stiefvater respektierte jede Form von Autorität, Vorgesetzte, die Polizei, Ärzte; und übrigens gehorchte er auch meiner Mutter. Den Starken gegenüber war er schwach, den Schwachen gegenüber natürlich stark. Als Lehrer liebte er es, seine Schüler zu demütigen, sich über den einen vor den anderen lustig zu machen. Das war seine Art, Pädagoge zu sein.

Bei der Befreiung von Paris war der Ende 1931 geborene Guy zwölf Jahre alt, und fünfundzwanzig, als die Ereignisse in Algerien sich auszuweiten begannen. Eine Generation, die Glück hatte und doch eine Generation von Zwittern, mit einer Jugend, die eingeklemmt war zwischen Besatzung und Algerienkrieg. Er war zu spät geboren, um zum Kollaborateur zu werden, zu früh, um während seines Militärdienstes zu foltern. Nichts beweist, dass er das eine oder andere getan hätte. Selbst für schändlichste Taten bedarf es einer gewissen Kragenweite. Wahrscheinlich hätte er sich nicht geweigert, auf einen Wachturm zu steigen.

Meine Mutter und Guy bildeten den seltenen Fall eines symbiotischen Paares ohne Liebe. Sie niemals ohne ihn, er niemals ohne sie, niemals beide zusammen.

Dass Guy starb, berührte sie in keiner Weise, abgesehen von

der Aussicht auf eine wirkliche, alltägliche Einsamkeit, die sie sich noch nicht vorstellen konnte. Doch war es ihr wichtig, dass man ihr keine Indifferenz unterstellte. Den Schein zu wahren, war eine gesellschaftliche Aktivität, auf die sie seit jeher sehr viel Energie verwandt hatte. So fand sich meine Mutter täglich im Krankenhaus ein, wie es – sie wurde nicht müde, es zu wiederholen – die Pflicht von ihr verlangte. Sie nahm ein Sudoku mit, setzte sich vor ihren Ehemann, der im tiefen Koma lag, doch rasch stellte sich Langeweile ein. Das hielt sie eine Zeit lang aus, konnte dann aber nicht anders, als bei einer Krankenschwester oder einem Arzt die Legitimation für ihren unmittelbar bevorstehenden Aufbruch zu erwirken. »Ich werde bald nach Hause gehen«, sagte sie, »es nützt doch nichts, dass ich bleibe, oder?« Dergestalt moralisch entlastet, floh sie dann rasch aus dem Zimmer.

Ich erfuhr also von Guys Tod, während ich in New York war. Aus der Ferne regelte ich die organisatorischen Fragen. Dann flog ich zurück. Zur Beerdigung.

Und da entdeckte ich, dass meine Mutter verrückt war.

Verstehen wir uns richtig.

Ich wusste immer schon, dass meine Mutter verrückt war, aber ich will nicht jetzt davon sprechen.

Seit Langem schon hatte sie jede Berührung mit der Realität verloren, doch ihr Ehemann regelte die Dinge des Alltags so gründlich, dass es ihm gelungen war, diese offensichtliche Wahrheit zu verschleiern. Mit seinem Hinscheiden erreichte die mütterliche Verrücktheit burleske Ausmaße.

Die Leichenhalle war fast menschenleer. Wir waren zu fünft, vielleicht zu sechst.

Die Totengräber, und das sind ja diese Männer von den Bestattungsunternehmen, haben ihr eigenes Vokabular. Meine

Mutter hat das ihre, etwas direktere. Beide passen nicht zusammen.

Als der Leichnam hergerichtet und in der Seide des Sargs aufgebahrt dalag, wandte sich einer der Männer meiner Mutter zu und fragte mit sanfter Stimme:

– Madame, möchten Sie, dass er präsentiert wird?

– Wem? Mir? Aber ich kenne ihn doch ... empörte sich meine Mutter. Das ist mein Mann!

Der Angestellte hatte sicher schon einiges zu hören bekommen und begann mit den protokollarischen Details. Er wollte wissen, ob der Sarg noch zur Hälfte geöffnet bleiben sollte, damit die Angehörigen, einer eher morbiden Tradition folgend, ein letztes Mal das Angesicht des geliebten Wesens zu sehen bekämen. Aber er formulierte es so:

– Wünschen Sie eine Ausstellung?

– Was denn für eine Ausstellung?, fragte meine Mutter mit ängstlicher Stimme.

Sie fügte hinzu, und diese rationale Überlegung gab ihr Sicherheit:

– Er besaß viele Krawatten.

Der Angestellte schaute sie verständnislos an.

Dann kam der Moment, da der Sarg zugeschraubt werden musste.

Es war ohnehin niemand da.

– Wir schließen nun, Madame.

Meine Mutter warf einen Blick auf ihre Armbanduhr.

– Sie schließen zwischen zwölf und zwei?, fragte sie voller Angst.

Ich habe gelacht. Und da wusste ich, dass ich ein Monstrum war.

II

DIE BEERDIGUNG DES STIEFVATERS

»Es gibt Menschen, denen der Tod eine Existenz verschafft.«
Louis Scutenaire, *Meine Inschriften*

Man möge mir dieses meteorologische *Incipit* des Kapitels verzeihen, aber es war im Monat Mai, und da die Temperatur auf 33° Celsius stieg, war das Trottoir vor der Pariser Kirche beinahe vollkommen menschenleer. Wir warteten auf den Leichenwagen.

Man könnte anführen, dass viele Greise einsam sterben, nachdem ihre Freunde ihnen einer nach dem andern in den Tod vorangegangen sind. Aber Freunde hatten meine Eltern keine. Als Kind fand ich es nicht sonderbar, dass, abgesehen von meinen Großeltern oder den Cousins, uns nie jemand zu Hause besuchte. Zum Tee, Kaffee oder Abendessen. In Ermangelung von Vergleichselementen kann Kindern das Verrückte normal erscheinen: Schließlich hatten sich Romulus und Remus auch nicht darüber gewundert, von einer Wölfin aufgezogen zu werden, Mogli von einem Bären und Tarzan von Menschenaffen. Erst später wurde mir das Befremdliche an meiner Normalität bewusst.

Sicher, zu Beginn ihrer Ehe mieteten mein Stiefvater und meine Mutter eine winzig kleine Pariser Wohnung, die für Einladungen wenig geeignet war. Aber als ich neun Jahre alt wurde, zogen sie um in eine »atypische« Wohnung, wie man das in den Immobilienanzeigen nennt, deren große, mit Bäumen bepflanzte Terrasse auf die lauten Boulevards Barbès und Ornano hinausging. Von dort hatte man eine freie, unverbaubare Aussicht auf Montmartre und Sacré-Cœur. Dieses Postkartenpanorama hätte aus der Wohnung einen Ort für Feste machen und ihr gesellschaftliches Leben umwälzen können. Nichts änderte sich.

Gelegentlich, aber das geschah nur äußerst selten, waren meine Eltern bei – wie man so sagt – Bekannten eingeladen. Ich habe meine Mutter nie anders als nörgelnd oder gar ungehalten von diesen Abendessen zurückkommen sehen. Ständig, und sehr gereizt, wiederholte sie: »Wenn ich nur daran denke, dass man diese Einladung erwidern muss.«

Meine Mutter lud nicht ein, sie »erwiderte« Einladungen. Und das »kotzte« sie an.

Also fand sich auf diesem sonnigen Pariser Trottoir kein einziger Freund des Verblichenen ein, und wir warteten »im engsten Familienkreis« auf den Leichenwagen, das heißt mit den Geschwistern der Mutter meines Sohnes, meiner Tante, meinen Cousins und Cousinen sowie einigen ihrer Kinder. Fügen wir noch die jugendlichen Gesichter der Freunde meines Sohnes hinzu, die ihn hatten begleiten wollen. Und vergessen wir schließlich nicht jene wenigen Personen, die, ich bin geneigt zu sagen: aus Pflichtgefühl, gekommen waren: ein älterer Herr, der gelegentliche Reparaturarbeiten bei meinen Eltern ausführte, der Gärtner des Landhauses und seine Frau, die ernstlich bedrückt zu sein schienen.

Niemand von den hier Anwesenden, der nicht einige Jahre zuvor zum fünfzigsten Hochzeitstag meiner Eltern eingeladen worden wäre. Die Feier zur Goldenen Hochzeit hatte aus einer quälenden Rundfahrt mit dem »Bateau Mouche« auf der Seine bestanden, für die man zu viele »Petits Fours« und zu viel Champagner bestellt hatte, mit Gästen, die sich nur wenig zu sagen hatten, allesamt vier Stunden lang gefangen auf dieser Flussfahrt vom Pont de l'Alma zum Pont de l'Alma. Ich habe das als eine Art Parabel auf meine Jugendzeit durchlebt, mit jener stechenden Empfindung, dass ich mich abermals, um von Bord zu kommen, ins kalte Wasser stürzen müsste.

Eine Dame in Schwarz, eine welke Endfünfzigerin, näherte sich meiner Mutter, um ihr ihr Beileid auszusprechen. Ich kannte sie nicht, und meine Mutter stellte sie mir sogleich vor:

– Das ist Anna.

– Anja, korrigierte die Dame in Schwarz. Anja Zewlakow.

Meine Mutter erwiderte:

– Ja, genau. Anna putzt bei mir. Sie macht das übrigens sehr gut.

Welch sicheres Gespür für Komplimente. Nach dieser spontanen Taktlosigkeit entfernte sich meine Mutter, und ich blieb allein zurück mit dieser Dame, die verlegen den Blick senkte. Ich verabschiedete mich von ihr, indem ich in meinen Blick und meine Geste so viel Höflichkeit und Respekt legte, wie ich aus mir herauszuholen vermochte.

Die Fluktuation bei den Putzfrauen meiner Mutter war höchst beachtlich. Sie kündigten rasch, weil sie es leid waren, des Diebstahls bezichtigt zu werden – meine Mutter ließ auf den Tischen

Bündel großer Geldscheine herumliegen, um ihre Ehrlichkeit in Versuchung zu führen –, oder sie waren den Ton leid, in dem sie mit ihnen sprach. Madame Zewlakow hielt durch bis zum Jahresende, stellte damit einen Weltrekord von zwei Jahren auf, den niemand ihr je wieder streitig machen sollte.

Der Leichenwagen kam endlich an und hielt in zweiter Reihe vor dem Tor. Die Herren im zerknitterten schwarzen Anzug stiegen aus, öffneten die Heckklappe und zogen den Sarg heraus, indem sie ihn an den kupfernen Griffen anhoben und ihn sich dann mit einem diskreten »hop« auf die Schultern wuchteten.

Aber es war eine Pariser Kirche: Die Autos parkten, trotz der doch eindeutigen Parkverbotsschilder, Stoßstange an Stoßstange.

Der Verantwortliche des Bestattungsunternehmens schien zu zögern. Zwischen einer großen deutschen Limousine und einem japanischen Hybridmodell hatte er eine schmale Lücke ausgemacht, durch die ein dünner Mann sich zur Not durchzwängen konnte. Er machte eine Geste mit dem Kinn in Richtung der Angestellten. Diese wiederum tauschten untereinander einen Blick aus und beurteilten die Lage ganz professionell. Ich begriff sofort, dass sie die Herausforderung für annehmbar hielten, in einem prekären Drahtseilakt einen Sarg von mindestens 120 Kilo im Gänsemarsch zwischen den beiden Autos hindurch zu balancieren.

Sogleich stellte ich mir den Unfall vor. Der Sarg, der ihnen unweigerlich entgleiten musste, würde die Kühlerhauben eindrücken, die Windschutzscheiben zerschmettern, sich vielleicht gar öffnen? Der Unfallbericht würde sicher für ein amüsiertes Lächeln in den Büros der MAIF – Die militanten Versicherer – sorgen: »Ich bin der Sarg A. Sie sind das Fahrzeug B.«

Ich teilte dem Verantwortlichen meine starken Bedenken mit. Er willigte darin ein, keine unnötigen Risiken einzugehen, und so gingen die Angestellten, den Sarg immer noch auf den Schultern, die Straße bis zum Zebrastreifen dreißig Meter weiter hoch. Dort, vor der Kneipe an der Ecke zur Avenue, machten sie kehrt. Die Leute, die auf der Terrasse unter Sonnenschirmen ihren Kaffee tranken, schienen verstört, beunruhigt. Einige Gäste waren so beeindruckt von dem Vorbeiziehen des Todes in weniger als einem Meter Entfernung, dass sie sogar ihre Tasse absetzten.

Das alles spielte sich nichtsdestoweniger mit größtmöglicher Würde ab.

Camus fasste seinen Roman *Der Fremde* in einem Satz zusammen: »In unserer Gesellschaft riskiert jeder, der bei der Beerdigung seiner Mutter nicht weint, zum Tode verurteilt zu werden.« Wenn der Nobelpreisträger die Wahrheit sagt, lief meine Tante Raphaëlle keinerlei Gefahr. Sie weinte. Die Schwester meiner Mutter hat auf Beerdigungen immer geweint. Das ist eine Frage des Naturells. Hätte man einen ihr näher bekannten Hamster beerdigt, so hätte sie nicht weniger geweint.

Ihr ostentatives Schluchzen irritierte meine Mutter. Schulterzuckend schaute sie zu ihrer Schwester hinüber, dieser Schwester, die ihr gewissermaßen ihren Schmerz raubte. Plötzlich geriet sie in Rage und zischelte zwischen den Zähnen:

– Findest du nicht, dass die da übertreibt? Man könnte meinen, es sei ihr Mann, der gestorben ist.

Eine Stunde später sollte meine Tante in aller Aufrichtigkeit, aber auch reichlich unbedacht Folgendes ins Kondolenzbuch schreiben: »Meinem Schwager, in Liebe. Raphaëlle.«

Sie wusste noch nicht, wie meine Mutter diesen Satz deuten würde. Aber greifen wir nicht vor.

III

DAS KLAVIERKONZERT NR. 2 VON RACHMANINOW

»Wenn ich lache, tue ich das nicht absichtlich.«
Erik Satie, *Der Tagesablauf des Musikers*

Das Marfan-Syndrom ist eine Veränderung des Bindegewebes. Es betrifft in etwa eine von fünftausend Personen. Das Gen, dessen Mutation die Krankheit auslöst, befindet sich auf dem Chromosom 15, und diese Mutation weist annähernd tausend Varianten auf. Ihre Symptome sind ein Aortenaneurysma, starke Kurzsichtigkeit und ein anormales Knochenwachstum. Die betroffenen Menschen sind häufig sehr hochgewachsen, und ihre Finger sind lang und dünn.

Der britische Schauspieler Peter Mayhew, der durch seine Rolle des behaarten Wookiee Chewbacca in *Star Wars* berühmt wurde, hat diese Krankheit. Abraham Lincoln soll sie auch gehabt haben, heißt es. Aber das ist ein anderes Thema.

Auch der Komponist und Pianist Sergei Rachmaninow litt an ihr, wenn man dem *British Medical Journal* vom Dezember

1986 Glauben schenken darf. Die Krankheit erklärte zum Teil seine Virtuosität, seine Fähigkeit, sehr große Akkorde zu greifen. Die größte Handspanne eines Pianisten, vom Daumen bis zum kleinen Finger, beträgt oft zweiundzwanzig Zentimeter. Sie erlaubt, problemlos Nonenakkorde zu spielen. Die Handspanne von Rachmaninow umfasste mehr als dreißig Zentimeter. Sein Klavierkonzert Nr. 3 in d-Moll op. 30 enthält Elftonakkorde, die man einhändig spielen muss, und sein Ruf, das am schwersten zu spielende Klavierstück der Welt zu sein, hat ihm den Spitznamen »Rach 3« eingebracht, so wie man auch »Mach 3« für die dreifache Schallgeschwindigkeit sagt.

Den größten Erfolg hat indes sein im Jahre 1901 komponiertes Klavierkonzert Nr. 2 in c-Moll op. 18. Es beginnt mit acht Takten, die ausschließlich auf dem Klavier angeschlagen werden, einer langsamen Folge von Akkorden, deren Volumen crescendo ansteigt, bis das Orchester einsetzt. Die Melodie wurde recht populär und ist auch Dutzende Male als Filmmusik verwendet worden, unter anderem von Claude Lelouch, und Tausende von Eiskunstläufern haben sich beim zweiten Teil im *Adagio Sostenuto* auf die Nase gelegt.

Das Klavierkonzert Nr. 2 ist nur wenig leichter zu spielen als das Rach 3. Auch hier muss man Dezimen greifen. Zu kleine Hände müssen an dieser Aufgabe scheitern. Aber man kann sich verbessern, der Körper ist lernfähig: Durch andauerndes Einüben des Repertoires, das eine größere Spannbreite der linken Hand erfordert, gewinnen die meisten Pianisten einen Zentimeter mehr Spannbreite auf der Linken. Man kann auch schummeln, wie zum Beispiel alle chinesischen Klaviervirtuosen, die das Konzert mit sehr flinken, aufgelösten Akkorden spielen, sie arpeggieren statt sie gleichzeitig zu greifen.

In der Mitte unseres Wohnzimmers thronte ein schwarzer

Stutzflügel aus Ebenholz, ein *Schimmel*. Es war weniger ein Instrument als eine sperrige Dekoration, dunkel und glatt lackiert, die, mathematisch gesprochen, mindestens ein Zwanzigstel der gesamten Grundfläche der Wohnung einnahm, was ausreichte, um dem seltenen Besucher die musikalische Kultur anzuzeigen, die uns beseelte. Aber mein Stiefvater spielte nur sehr selten. Außer hin und wieder dieses höllische Klavierkonzert Nr. 2 von Rachmaninow. Ehrlich gesagt, spielte Guy *nur* das 2. Klavierkonzert von Rachmaninow, da er – leider, leider – zu wenig übte, um sich an andere Stücke zu wagen. Er war nicht sehr groß, seine Hände waren entsprechend proportioniert, und er arpeggierte, so viel ist gewiss. Er muss es übrigens früher einmal recht gut gespielt haben, denn es waren ihm ein paar sehr flüchtige und brillante Takte geblieben. Er spielte es immer seltener bis zu dem Moment, da sein Vergnügen unter falschen Tönen erstarb und er das Klavierspiel ganz aufgab.

Aber er hörte es sich dennoch weiterhin an. In der Interpretation von Swjatoslaw Richter, mit ihren langen, dramatischen, hypnotischen Steigerungen. Oder in der von Rafael Orozco, ausladend und generös, sogar ein wenig zu sehr, wie manche sagen. Selbst in der von Wladimir Aschkenasi, von großartiger Intensität, bei der aber der Pianist manchmal zu vergessen scheint, dass da auch noch ein Orchester spielt. Aber gleichviel: Hab ich's schon gesagt? Mein Stiefvater liebte dieses Konzert, und zwar so sehr, dass er meiner Mutter den Wunsch anvertraut hatte, es dereinst auf dem Totenbett liegend, in dem Moment, da sein großer Abschied unmittelbar bevorstehe, ein letztes Mal hören zu wollen.

Was würde ich selbst im letzten Moment meines Lebens gerne hören? Wenn ich darüber nachdenke, vielleicht gar keine Musik. Die Stimme eines Freundes, meines Sohnes, einer geliebten Frau. Ich weiß es nicht. Wahrscheinlich werde ich die Ohren spitzen, um, im Gegenteil, einen gänzlich unerwarteten letzten Laut zu hören, einen zufälligen und unpassenden Laut, einen Laut, der noch zum Leben gehören würde, das Lachen einer Pflegerin im Schwesternzimmer des Krankenhauses, ein ungeduldiges Hupen auf der Straße oder das einfache Klappern von Absätzen auf den Fliesen. Vielleicht ist da ja noch ein kleines Geräusch, bevor die letzten Zellen für immer erlöschen. Ich werde nehmen, was kommt.

Ich weiß auch nicht, welche letzte musikalische Erinnerung ich meinen Angehörigen während der sogenannten Abschiedszeremonie gerne hinterlassen würde. Das *Hallelujah* von Leonard Cohen erscheint mir doch zu banal, selbst in der Interpretation von Rufus Wainwright. In einem Moment, der noch zu bestimmen wäre, hätte ich gerne *Knocking on Heaven's Door,* in der Soloversion von Bob Dylan oder im Duett mit Bruce Springsteen. Das eher feurige *Peter Gunn Theme* der Blues Brothers wäre ziemlich passend als Begleitmusik zur Einäscherung. Dies sind nur Anregungen. Wenn ich länger darüber nachdenke, wäre im Idealfall der Komponist meiner Beerdigungsmusik zurzeit noch nicht gezeugt.

Mein Stiefvater hatte also eines Tages das 2. Klavierkonzert als Musik für den Antritt der Reise ins Jenseits angesprochen. Es ist der Abend eines 2. April, als er, so die spätere Diagnose, mit einer Darmblutung ins Krankenhaus kommt. Am Morgen des 4. April wird er intubiert, er ist müde, aber bei Bewusstsein. Die Ärzte suchen nach Ursache und effizienter Behandlung der Krankheit, ohne sich vorerst um den weiteren Verlauf größere Sorgen zu machen, und enthalten sich jeder Prognose. Nichts ist einfacher als die Krankenhauslogik: Jeder Tag bringt neue Müh.

Am Nachmittag begebe ich mich zu meiner Mutter ins Krankenhaus Bichat. Sie sitzt neben dem Bett ihres Mannes, ihr Sudoku-Heft auf den Knien. Mein Stiefvater hat die Augen geschlossen und einen Kopfhörer auf den Ohren.

Sie sagt mir gleich, und in ihrer Stimme vermischt sich die gebotene Tragik mit dem Stolz auf die erledigte Pflicht:

– Ich habe ihm das Klavierkonzert Nr. 2 von Rachmaninow aufgelegt.

Falls Guy in diesem Moment bei Bewusstsein war, dürfte er wohl gedacht haben, dass dies ein wenig verfrüht, wenn nicht gar ein Zeichen von Ungeduld war.

Aber mittelfristig hat meine Mutter recht behalten.

IV

GROSSPAPA

»Die Gegenwart wäre voll mit aller Zukunft,
wenn nicht die Vergangenheit bereits den Schatten
einer Geschichte vorauswürfe.«
André Gide, *Uns nährt die Erde*

Unser Familienplanet kreiste um eine Sonne: meinen Großvater Raphaël, den Vater meiner Mutter. Sein Familienname war Michel. Also Raphaël Michel. Raphaël: »Gott heilt.« Michel: »Der wie Gott ist.« Schwerwiegende Symbolik, aber wir sprachen zu Hause wenig Hebräisch, und für mich war er Großpapa. Unangefochtener Patriarch, der einzig feste Sockel meiner Kindheit. »Großpapa, der Held, der so sanft stets lächelt«, lautete mein Alexandriner.

Raphaël war am Beginn des 20. Jahrhunderts geboren, im damals deutschen Département Moselle. Sein Vater, Joseph, war Handwerker, seine Mutter machte Näharbeiten. Ich habe diesen Urgroßvater gekannt, denn er hat fast hundert Jahre gelebt, trotz eines starken Konsums von Niñas, ekelhaften dünnen Zigarren, deren Geruch alle seine Kleider imprägniert hatte. Er war ein kleiner, spröder Mann, schweigsam und stur. Mein Instinkt diktierte mir, ihn zu fürchten, und ich scheute mich, ihm zu nahe zu kommen, aus Angst vor einer Backpfeife, ein Ausdruck, der so alt ist wie er selbst. Dass er kaum zwei Jahre nach der Pariser Kommune geboren war, faszinierte mich. 1914 war er bereits zu alt für den Militärdienst, aber wenn er gekonnt hätte, hätte er die Seite des Kaisers gewählt, denn sein Herz schlug auf dieser Seite, wie auch das Herz so mancher Elsass-Lothringer, dem nationalen Mythos zum Trotz.

Bei seiner Beerdigung – ich war dreizehn Jahre alt – erfuhr ich von meiner Großmutter, dass er, solange er die Kraft dazu hatte, seine Frau geschlagen und seine beiden Söhne Raphaël und Émile roh behandelt hatte. Sie erzählte mir auch, dass er 1940, als er erfuhr, dass er sein Haus in der Picardie würde verlassen müssen, um zu seinem Sohn nach Paris zu ziehen, ohne lange zu zögern seinen Hund erschossen und dessen Kadaver auf den Misthaufen geworfen habe, den man damals noch nicht Kompost nannte. Dieses letzte Bild hatte mich am meisten bestürzt.

Raphaël wusste keinen besseren Ausweg, diesem brutalen Menschen zu entfliehen, als sich kurz nach dem Krieg, im Alter von achtzehn Jahren, bei der Marine zu verpflichten. Auf einem Kreuzer erlernte er den Beruf des Mechanikers und begann ein Ingenieurstudium. Auf dem Meer verlor er auch seine Haare: Im Alter von zwanzig Jahren hatte dieser große Bursche eine Glatze, aber das ebenmäßige Gesicht mit dem eckigen Kinn vertrug sich gut mit dieser Kahlköpfigkeit. Er verließ die Armee Mitte der Zwanzigerjahre und kehrte zurück nach Lothringen, das inzwischen vollständig französisch war, wo er sich in Jœuf niederließ, einer größeren Ortschaft, in der er eine Anstellung als Reparateur für die fahrbaren Untersätze im Bergbau fand. Während die Zerstörung der Metallindustrie heutzutage die kontinuierliche Abwanderung der Bewohner zur Folge hat, lebte Jœuf in den Dreißigerjahren von der Großschmiede und ihren Besitzern. Die Eigner, die Familie De Wendel, haben dort heute noch ihr Schloss und sogar ihre eigene Kirche, die sie am Anfang des vergangenen Jahrhunderts für ihre Arbeiter hatten bauen lassen, Franzosen, aber vor allem Polen und Italiener.

Dort, in Jœuf, lernte Raphaël Amélie kennen, die Tochter bescheidener elsässischer Bauern, der Leitners; sie war das fünfte von neun Geschwistern. Er umwarb sie, eroberte sie und heiratete sie. Einige Monate später kam Raphaëlle zur Welt.

Die Familie Leitner war arm, aber sie hatte ihr südamerikanisches Märchen: Blanche, die Ältere, die während des Krieges von 1914–18 Krankenschwester gewesen war, hatte einen gewissen Diego Ariza, einen Offizier aus Panama, gepflegt, in den sie sich verliebt hatte. Ich komme wieder, hatte er ihr versprochen. Aus den Briefen, die er ihr schrieb, ging hervor, dass er nach Panama zurückgekehrt, dann nach New York weitergezogen und schließlich nach Maracaibo in Venezuela emigriert war, wo er es im Erdölgeschäft rasch zu Reichtum gebracht hatte. In Jœuf machte man sich ein wenig lustig über Blanche und ihren Panamaer, bis dieser, sein Wort haltend, 1920 zurückkam und um ihre Hand anhielt. Das Paar bescherte sich mit einer grandiosen Hochzeit mit Hunderten von Gästen: Der kleine Ort feierte eine ganze Woche lang. Blanche brach auf nach Maracaibo, lebte dort wie eine Königin und setzte drei Kinder in die Welt. Ihre lokale Berühmtheit war keine Erfindung der Familie: In den Sechzigerjahren konnte man, zum Entzücken der französischen Verwandten, einfach an »Blanche

Ariza-Leitner, Maracaibo, Venezuela« schreiben, ohne sich allzu große Sorgen darum zu machen, dass die Post verloren gehen könnte.

Auf der Suche nach ihren Ursprüngen liebten die Ariza nichts so sehr, wie den Atlantik zu überqueren und ihre entfernten Verwandten, die Leitners, zu besuchen, insbesondere meine Großmutter Amélie, Blanches Lieblingsschwester. Eines Morgens war ihr Flugzeug gerade auf dem brandneuen Flughafen in Roissy gelandet, als sie meine Mutter anriefen. Sie hatte sie alle fünf widerwillig eingeladen, zu uns aufs Land zu kommen, wo wir den Tag verbringen wollten. Sie hoffte sehr, sie abgeschreckt zu haben, aber als wir vor dem Haus ankamen, waren sie schon da und warteten auf uns, die Hände voller Geschenke. Sie hatten einfach zwei Taxis genommen, und die Fahrer, deren Zähler weiterhin auf vollen Touren liefen, lehnten die Einladung zum Mittagessen ab, um stattdessen in der Fernfahrergaststätte auf sie zu warten, bis sie sich endlich, bei Einbruch der Nacht dazu durchgerungen hatten, Richtung Paris zurückzukehren.

– Ich frage mich, wie viel dieser Irrsinn sie kosten wird, hörte meine Mutter nicht auf, meiner Großmutter vorzuhalten, die sich in der Küche zu schaffen machte.

Aber das Geld war ihre mindeste Sorge: Sobald die Concorde ihre wöchentlichen Flüge von Paris nach Caracas aufnahm, kam die venezolanische Verwandtschaft noch regelmäßiger. Meine Mutter erfuhr, dass sie mich, ein Geschenk zu meinem zwanzigsten Geburtstag, sehr gerne auf einen Besuch einladen würden, und sie mir sogar den Hin- und Rückflug im Überschallflugzeug bezahlen wollten. Ich lehnte ab.

– Du bist verrückt, das abzulehnen, sagte meine Mutter. Das wirst du dir niemals selber leisten können.

Meine Mutter wies immer wieder gerne darauf hin, dass die Leitners Analphabeten seien, und diese Behauptung ließ ihren eigenen Aufstieg in noch größerem Glanz erstrahlen. Die Wahrheit ist, dass ihnen, da sie als Elsässer zur Zeit des Kaiserreichs geboren waren, das Deutsche näher war als das Französische. Meine sehr dicke Großtante Alberte, die stets in ihren Sessel eingezwängt saß und die nicht allzu gut roch, bezog eine Rente der »Schtomm«, eines Unternehmens, dessen Namen sie mit einem so starken Akzent aussprach, dass ich erst spät begriff, dass sie von Alsthom sprach.

Gewiss, meine Großmutter las nur unter Schwierigkeiten, zuweilen mit dem Finger, der über die Zeilen glitt. Aber jeden Morgen kaufte sie *France Soir*, »eine Million Auflage täglich«, worin sie die Kreuzworträtsel löste, und jeden Montag den *Détective*, ein Wochenblatt aus lauter Räuberpistolen mit schrägen Schlagzeilen – oh ja, immer in der Art: »Erst setzt er seine Frau unter Drogen und dann versteigert er sie nackt« ... – ein Blatt, das, aber das erfuhr ich erst später, Gaston Gallimard und die Brüder Kessel schon vor dem Kriege gegründet hatten und für das Gide, Simenon und Albert Londres sich damals als freie Mitarbeiter verdingten.

Amélie Leitner, »Oma« für mich und meine Cousins, war eine sanfte und zurückgezogene Frau, die sich ganz für ihren Mann, ihre Kinder und ihre Enkelkinder aufopferte. Oma putzte, spülte, bügelte, kaufte ein, kochte; oft brachte sie mich zur Schule und holte mich wieder ab: Sie hat also nie gearbeitet. Um einen solchen Tag angemessen zu beginnen, trank sie ihren kleinen Schwarzen am Tresen im *Repaire*, der Kneipe an der Ecke. Sie rauchte auch Winston und trank Valstar, dieses beliebte helle Bier, das es nicht mehr gibt und das auch die Familie Groseille in dem Film *Das Leben ist ein langer, ruhiger Fluss* trinkt. Manchmal schenkte sie mir ein Glas ein und mischte den Alkohol mit Limonade der Marke Dumesnil.

Wahrscheinlich war ihr Leben in den Dreißigerjahren schon genauso arbeitsam und leicht monoton, als sie ihre beiden Töchter Raphaëlle und Marceline aufzog. Die beiden Schwestern waren vor der Wirtschaftskrise von 1929 geboren, und als diese mit voller Wucht Europa traf, fand Raphaël eine sonderbare Arbeit, die ihn auf ein Jahr von seiner Frau und seinen Kindern entfernte: Er wurde einer der acht Mechaniker, die 1931 für Citroën zur »Gelben Kreuzfahrt« aufbrachen, einer großen Reklame- und Forschungsexpedition durch ganz Asien. Einige Jahre zuvor hatte die Firma eine »Schwarze Kreuzfahrt« organisiert, damals durch Afrika. Die *political correctness* ließ noch zu wünschen übrig. Raphaël verließ 1931 Beirut Richtung Persischer Golf mit einem der sieben Kettenfahrzeuge von Citroën. Sie mussten Peking erreichen, das damals noch nicht Beijing war, und dort sollte dann der Philosoph Teilhard de Chardin zu ihnen stoßen. Wie einen Schatz hütete mein Großvater das schöne Erinnerungsalbum von diesem Jahr in der Wüste Gobi, in Xinjiang und den Bergen des Himalaya: Kopien der Gouachen des offiziellen Expeditionsmalers Alexander Jakowlew zierten die Wände seines Wohnzimmers. Als er zurückkehrte, hatte er sich eine Reputation im Optimieren von Motoren erworben, und es brauchte nicht lange, bis er bei Simca, der Automobilfabrik in Nanterre, eingestellt wurde. Die Simcas waren übrigens nichts anderes als geklonte kleine Fiats, deren erster, der Fiat 500, in Simca 5 umbenannt wurde.

So verließ das Ehepaar Michel Lothringen und ließ sich in Paris nieder, in einer winzigen Zweizimmerwohnung am Boulevard Ornano, im 18. Arrondissement. Als ich vor nunmehr zwanzig Jahren Modianos Roman *Dora Bruder* las, überfiel mich der Verdacht, dass es sich um dasselbe Gebäude handeln könnte, in dem seine Heldin gelebt hatte. Kurzzeitig fürchtete ich, meine frühe Kindheit in einer Wohnung verbracht zu haben, die einer jüdischen Familie geraubt worden war. Selbst die Telefonnummer machte mich stutzig. ORN(ano) 49-20.

Aber es war nicht dieselbe Adresse. Dora Bruder lebte in der Nummer 41, wir in der Nummer 16. Und ihre Telefonnummer war ORN 48-05. Aber was beweist das schon? Nichts. Es hat so viele Dora Bruder gegeben. Dieser retrospektive Schrecken sagt allerhand darüber aus, wie hoch ich die Werte unserer Familie und unserer Ethik im Allgemeinen ansetze. Eine, sagen wir, mäßige Wertschätzung.

Im Jahre 1940 erwarb Raphaël zwei Mansardenzimmer im selben Gebäude und holte seine Eltern in die Hauptstadt: Sie hatten sich in dem Haus, das er ihnen in der Picardie gekauft hatte und das sich auf halbem Weg zwischen ihm, in Paris, und seinem Bruder in Péronne befand, nie wohlgefühlt. Einige Jahre später brachte er im sechsten Stock die Schwester seiner Frau – meine so dicke Großtante Alberte – und deren Mann Léon unter, den er unter uns nur »secondeléon« nannte, ein Wort, das ich zuerst als Sekunde Léon interpretierte, bevor ich verstand, dass es natürlich »ce con de Léon«, »Léon, dieser Arsch«, bedeutete.

Der Krieg ging zu Ende. Es war nicht ganz gerecht, dass Renault als einzige Firma der Kollaboration beschuldigt wurde, wo doch die gesamte Automobilindustrie für Deutschland gearbeitet hatte, selbst die amerikanischen Fordwerke. Simca hatte sich ebenfalls, als franko-italienische Firma, kräftig an den Kriegsanstrengungen der Nazis beteiligt, aber über den Beitrag meines Großvaters weiß ich nichts, denn meine Mutter antwortete stets ausweichend.

Ende der Vierzigerjahre begann Raphaël als Ingenieur bei Panhard. Ein Ingenieur, das war aus dem früheren Mechaniker geworden, dank der einzigen Hochschule, die die berufliche Weiterbildung förderte, die *École des Arts et Métiers.* Dem Reflex der Korpszugehörigkeit folgend verachtete er die Absolventen der *École polytechnique,* diese »*X*«, die, »um kochendes Wasser zu bekommen, Wasser kochen, die aber, wenn lauwarmes Wasser das Ziel ist, das Wasser ebenso zum Kochen bringen, damit sie sich auf vertrautem Terrain bewegen, und es dann abkühlen lassen«.

Er war ein schöner Mann, ein Eroberer, ein Verführer, der – das war allgemein bekannt – Amélie unaufhörlich betrog. Eines dieser Abenteuer muss alle anderen in den Schatten gestellt haben, denn er beschloss, ihr zu gestehen, dass er eine andere Frau kennengelernt habe und dass dies »von Bedeutung« sei. Von ihr weiß ich nichts, außer dass sie, laut meiner Mutter, »zehn Jahre jünger« war. »Zehn Jahre jünger«: Wann immer meine Mutter davon sprach, benutzte sie genau diese Formulierung: nicht »er war zehn Jahre älter als sie«, nicht sie »war zehn Jahre jünger als er«, oder auch »sie waren zehn Jahre auseinander«. Nein, die Worte waren völlig feststehend, *zehnjahrejünger,* und ihre hypnotische Wiederholung verdeckte die Existenz dieser Frau, die man wohl kaum darauf beschränken konnte.

Raphaël wollte sich scheiden lassen. Seine Gattin, deren einziger Lebensinhalt er war, brach zusammen. Aber das war noch gar nichts: Marceline, die zwanzig Jahre alt war, hörte auf zu sprechen und zu essen. Eine Lebensverweigerung. Man brachte sie in die Notfallklinik. Bei ihrer Entlassung zwei Wochen später stand die Trennung nicht mehr zur Debatte, und Raphaël blieb bei Amélie. Aber er richtete sich eine Weile in einer Art Doppelleben ein, bewohnte abwechselnd zwei Häuser. Das war nicht durchzuhalten, und die andere Frau, *zehnjahrejünger,* verließ ihn schließlich. Das ist jedenfalls die offizielle Version. Es gibt Indizien, Anspielungen, die vermuten lassen, dass sie bis zum Schluss die Verbindung aufrechterhielten.

Danach nahm das Leben wieder seinen Lauf am Boulevard Ornano. Raphaëlle »hatte Verabredungen«, verlobte sich sogar, meine Mutter studierte weiter. Marcelines verrückte Reaktion auf die Aussicht der Trennung ihrer Eltern hatte Raphaël natürlich beunruhigt. Aber er wollte sich nicht das ganze Ausmaß ihrer geistigen Fragilität eingestehen, denn er misstraute allem, was einem Psychiater auch nur ähnlich sah. So war er erleichtert, als sie einige Monate später den Mann kennenlernte, der mein Vater werden sollte, und gänzlich beruhigt, als sie ihn wenige Monate nach der Hochzeit seiner älteren Tochter Raphaëlle heiratete. Das muss sein ganzer, sein großer Stolz gewesen sein: Seine beiden Schwiegersöhne waren echte *gadz'arts,* Diplomingenieure der *Arts et Métiers,* die auf dem Königsweg des Eingangswettbewerbs in diese Hochschule aufgenommen worden waren.

Der Beginn der *Trente Glorieuses,* der Wirtschaftswunderjahre, fiel zusammen mit seinem gesellschaftlichen Aufstieg. Wenn man meiner Mutter glaubt, wurde er zu dieser Zeit »die rechte Hand« des Generaldirektors Jean Panhard, mit dem er »täglich« zu Mittag aß und der auch häufig zum Abendessen gekommen sei. Aber wie soll man das glauben? Der Name Raphaël Michel taucht nirgends im Organigramm der damaligen Direktion auf. Meine Mutter erzählte mir auch, er habe den PL17 und den Panhard CD entworfen und nach Kauf von Panhard durch Citroën im Jahre 1965 und seiner Übernahme an dem Abenteuer der DS teilgehabt, was chronologisch unmöglich ist. Auch hier hat der Stolz einer Tochter die Realität arg verschönert. Wie dem auch sei, er ist ganz offenbar in der Firmenhierarchie von Panhard wie auch bei Citroën ziemlich hoch aufgestiegen, denn sein Dienstwagen war immer das jeweils schönste Modell mit dem größten Hubraum, darunter eine wunderbare DS 21 in gebürstetem Metall: Ich verdanke ihm eine eher uneingestandene Leidenschaft für Autos, und bei mir zu Hause steht noch immer ein Sessel aus Büffelleder, der in Wirklichkeit der auf geschweißte Stahlrohre montierte Vordersitz aus einer DS ist. Er hat gewiss eine Abteilung »Motoren« geleitet und genauso gewiss war die permanente Präsenz von Benzol in der Luft schuld an der Leukämie, die ihn dahinraffte.

Raphaël wollte seine Töchter und Schwiegersöhne in seiner Nähe haben: Er institutionalisierte rituelle Zusammenkünfte aus Anlass der Geburtstage eines jeden, der Sommerferien, der Weihnachtsfeiern. Meine Mutter erträumte sich nichts anderes. Es war ihr übrigens nie gelungen, sich von ihren Eltern wirklich zu entfernen, wohnte sie doch immer höchstens einen Steinwurf weit weg, während Raphaëlle, von fernen Winden getrieben, rasch auf Distanz gegangen war.

Als meine Mutter sich von meinem Vater trennte, verfiel sie abermals in eine Depression. Mein Großvater nahm sie eine Zeit lang bei sich auf, um einen erneuten Krankenhausaufenthalt zu vermeiden. Dann organisierte er ihren Umzug nach England: Nach nur wenigen Wochen hatte er für sie eine Lehrerinnenstelle in einer Schule im Süden Londons gefunden und außerdem eine Unterkunft vor Ort; zudem bestand er darauf, dass ich so lange in Paris bliebe, bei ihm und meiner Großmutter, bis sie sich von dem »Schock« erholt habe. Das war ein extremer Vorschlag, aber, so seine Meinung, es gehe darum, mich zu schützen. Er glaubte, dass dieses englische Interludium nur wenige Monate dauern würde. Ich blieb länger als erwartet bei meinen Großeltern.

Meine Mutter kehrte zurück. Sie war jetzt Madame Le Tellier. Raphaël seinerseits war nunmehr »Großpapa«: Gerade war meine Cousine zur Welt gekommen, er hatte nun drei Enkelkinder, und dieser Status bezauberte ihn. Ich weiß nicht, wie das gehen konnte, aber er wurde sogar zum »Großpapa« für seinen neuen Schwiegersohn Guy, der sich damit nominell mit mir auf eine gleiche Ebene begab, was für ihn einem Akt freiwilliger Unterordnung gleichkommen musste.

Kurze Zeit später wollte Raphaël umziehen: Er kaufte auf Basis des Grundrisses eine Dreizimmerwohnung in einem Haus, das an der Ecke Boulevard Barbès und Rue Ordener hochgezogen wurde, und legte meiner Mutter und Guy im gleichen Zuge nahe, dort ebenfalls eine Wohnung zu erwerben. Sie ließ sich schnell darauf ein. Die Pariser Immobilienpreise erlaubten es einem Lehrerehepaar noch, sich auf fünfzehn Jahre für den Kauf einer Wohnung zu verschulden. So zogen meine Eltern in den achten und letzten Stock des Hauses, meine Großeltern in den sechsten; der siebte Stock wäre für das Zusammenleben logischer gewesen. Aber jemand anders war schneller gewesen. Meine Mutter schlug ihm umgehend einen Tausch vor, aber er ließ sich auf diesen Rosshandel nicht ein: Im sechsten Stock hätte der Balkon des siebten Stocks ihm das Tageslicht genommen und außerdem, drei Meter weiter unten, den Blick auf Sacré-Cœur. Diesen Miteigentümer, der sich ganz unberechtigterweise zwischen sie und ihre Eltern schob, konnte meine Mutter fortan auf den Tod nicht leiden. Und während der Eigentümerversammlungen hatte er ein Martyrium zu durchleben.

Bei uns, im achten Stock, war die Küche nur winzig, aber wir benutzten sie nicht, denn es gab auch kein Esszimmer. Nur einen großen Salon mit dem Flügel und ohne den kleinsten Tisch sowie zwei Schlafzimmer. Zu Mittag und zu Abend aßen wir bei Großpapa und Oma. Ich war ob dieser Situation nur umso glücklicher. Ich verbrachte die ganze Zeit bei meinem Großvater, bei dem sich auch all mein Spielzeug, meine Bausätze, meine Puzzles befanden. Bei ihm las ich auch die großen kartonierten und illustrierten *Nature*-Alben der Zeitschrift *Life*. Mein Lieblingsalbum war *Die Wüste lebt*, randvoll mit Klapperschlangen, Kakteen und Springmäusen. Wenn es Zeit war, zu Bett zu gehen, stieg ich die zwei Etagen im Pyjama hoch und schlief gleich ein. Und es war fast immer meine Großmutter, die mich wieder weckte.

Um der Wahrheit die Ehre zu geben, muss ich gestehen, dass bei Großpapa nicht alles mit rechten Dingen zuging. Ich zog es vor, seine Verachtung der »Nordafrikaner« zu überhören, jener Bauern, die zu den »Händen Frankreichs« geworden waren: dreitausend bei Panhard an der Porte de Clichy, dreitausendfünfhundert am Quai de Javel bei Citroën. Es war bei uns zu Hause, wo ich das Wort »crouille« gehört habe, eine Höflichkeitsform – denn im Arabischen bedeutet *khuya* soviel wie »mein Bruder« –, die zur Beleidigung geworden war. Kurz nach seinem Tod sprach ich darüber mit meiner Mutter: »Er war ein Mann seiner Zeit«, lautete ihre Entschuldigung. Ich war nicht überzeugt.

Dann kam die Leukämie. Sie überfiel ihn, als er das Rentenalter erreicht hatte, und ließ ihm nur noch drei Jahre. Raphaël sprach wenig darüber, jedenfalls niemals in meiner Gegenwart. Er begegnete der Krankheit, so gut er konnte, und bereitete sich auf den Tod vor. Auf seinem Nachttisch lagen immer weniger

Bücher von Balzac und Hugo, dafür immer mehr von Seneca, Cicero, Epikur – und schließlich die Bibel. Aber wenn man ihn fragte, ob er eine kirchliche Beisetzung wünsche, zuckte er mit den Schultern. Die Religion war das Objekt seiner letzten Neugier. Ich besitze noch immer sein mit Bleistift annotiertes Exemplar des Koran.

Die letzte Erinnerung an meinen Großvater hat nichts mit dem Krankenhaus zu tun. Er wollte nicht, dass die Enkel seinem langen Sterben beiwohnten. Es ist die Erinnerung an einen Morgen auf dem Land, wo ich ihn dabei überrasche, wie er sich ankleidet: Ich sah einen alten Mann, den Körper voller Schorf, gebeugt, erschöpft vom Kampf gegen den Krebs, den die Transfusionen in keiner Weise aufgehalten hatten. Ich wendete den Blick ab, war wie vernichtet von der gleich doppelten Entdeckung, dass er sterblich war und an der Schwelle zum Tode stand, und rannte in den Garten bis ganz hinten zu den Haselnusssträuchern, um dort zu weinen, zu weinen und zu weinen, ohne aufhören zu können.

V

MARCELINE

»Das alles war unsere Jugend, der früheste Morgen,
zu dem wir nie zurückfinden werden.«
Patrick Modiano, *La Place de l'Étoile*

Meine Mutter ist exakt eine Woche nach Audrey Hepburn geboren und in rund zweihundertfünfzig Kilometern Entfernung von ihr, wenn man den kürzesten Weg nimmt, denn die amerikanische Schauspielerin kam in Ixelles zur Welt, in Belgien, und meine Mutter in Jœuf, in Lothringen. Alles dicht beieinander.

Ich weiß so gut wie nichts über ihre Jugendjahre, und es fällt mir nicht leicht, mich auf die Frau zuzubewegen, die meine Mutter war. Ich weiß, dass sie ein schüchternes, ein unscheinbares, ein ängstliches Kind war. Man muss sie sich als ein kleines Mädchen vorstellen, das im Schatten einer ausgelassenen und tollkühnen älteren Schwester aufwächst, auf die es zutiefst eifersüchtig ist, was es aber noch nicht zum Ausdruck zu bringen wagt. Bis weit in die Adoleszenz hinein verbringt sie sehr unruhige Nächte. Sie ist fürchterlichen Albträumen ausgesetzt, Schreckensbildern, die sie aus dem Schlaf reißen, und hat häufig Anfälle von Schlafwandel. Sie ist vierzehn Jahre alt, als man sie mitten in der Nacht unverständliche Wörter murmelnd auf dem Balkon vorfindet. Von diesem Tag an wurde das Fenster bis zum Morgen verriegelt.

Als die Michel sich in Paris niederlassen, werden sie und ihre Schwester aufs Lycée Jules-Ferry geschickt. Die beiden Mädchen haben aus Lothringen einen rauen Akzent mitgebracht, den sie rasch verlieren werden. Vielleicht nehmen sie die Métro an der Station Marcadet-Poissonniers und steigen an Pigalle um. Wahrscheinlicher aber ist, dass sie zu Fuß gehen und dass man Raphaëlle ihre kleine Schwester anvertraut. Die Place de Clichy, an der sich ihre Schule befindet, ist das Tor zum Paris Louis-Ferdinand Célines, zu einem Viertel, das von Handwerkern und Angestellten bevölkert wird, wo die Trambahnen die Leute aus den Vorstädten abliefern, ein Ort der Arbeit und der Ausschweifung.

Ab 1941 prägt die deutsche Besatzung das Bild. Meine Mutter ist zwölf Jahre alt, meine Tante vierzehn. Das Café Wepler gegenüber dem Lycée Jules-Ferry ist requiriert: Dort wird das deutsche *Soldatenheim* untergebracht. »Speise- und Aufenthaltsräume«, verkündet ein gewaltiges, zwanzig Meter langes Band: Man kann es nicht übersehen. Dutzende von Soldaten gehen permanent ein und aus, sie rauchen auf dem Trottoir, sie sprechen die jungen Frauen an, Paris gehört ihnen. Meine Tante kann sich daran erinnern. Meine Mutter nicht.

Im Sommer 1942 beginnen die Razzien und die Deportationen der Juden. Ich erfuhr im Collège, in der Mittelstufe, von der Vernichtung, die man in den Sechzigerjahren noch nicht mit diesem Wort bezeichnete, die man noch nicht Schoah nannte.

Man sagte Deportation, Konzentrationslager. Aber es waren *Vernichtungslager*. Zu Hause hatte mir niemand davon erzählt. 1969 war auch ich zwölf Jahre alt, ich war in der Tertia. Die lange Herrschaft der Geschichtsbücher von Malet-Isaac neigte sich sanft dem Ende zu, aber der Zweite Weltkrieg stand erst im letzten Schuljahr, in der Terminale, auf dem Programm. Im Filmclub meines Gymnasiums wurde *Nacht und Nebel* von Alain Resnais gezeigt. Hinter mir profitierten ein paar Heranwachsende von der Dunkelheit, um sich zu küssen.

Ich entdeckte alles. Ich war schockiert, erschüttert. Die Bilder von Bulldozern, die Leichen wegschaufelten, gruben sich mir ein für immer. Wenn ich den Anfang meines politischen Engagements datieren müsste, dann war es dieser Tag. Damals wusste ich es noch nicht, aber 1956, als *Nacht und Nebel* gedreht wurde, hatte die Zensur verlangt, dass auf einem Foto das deutlich erkennbare Käppi eines französischen Gendarmen, der das Lager von Pithiviers bewachte, wegretuschiert werden sollte. Der Justizminister hieß seit Februar François Mitterrand. Es war von größter Bedeutung, die Verantwortung des französischen Staates, die Schändlichkeit der Regierung Laval zu übertünchen, die selbst die Deportation von Kindern unter sechzehn Jahren verfügt hatte, als nicht einmal die Nazis danach verlangten. Später erfuhr ich auch, dass Michel Bouquet dem Text von Jean Cayrol seine Stimme geliehen hatte und dass dieser Schauspieler nicht wollte – es war dies seine Verneigung vor den Opfern –, dass sein Name im Abspann erscheine.

Trotz des Mutes zweier junger Französischlehrerinnen, Annette Maignan und Andrée Pauly-Santoni, die bei sich zu Hause ein paar Kinder versteckten, wurden vierundzwanzig Schülerinnen des Lycée Jules-Ferry nach Pithiviers oder Drancy und von dort nach Auschwitz deportiert. Keine ist zurückgekommen. Sie hießen Mira Adler, Nicole Alexandre, Jacqueline Berschtein, Alexandra Cheykhode, Fortunée Choel, Paulette Cohen, Renée Cohen, Paulette Goldblatt, Thérèse Gradsztajn, Rosette Hayem, Marceline Kleiner, Janine Lubetzki, Estelle Moufflarge, Huguette Navarro, Colette Navarro, Ethel Orloff, Gilberte Rabinowitz, Rose Rosenkrantz, Françoise Roth, Jacqueline Rotszyld, Jacqueline Rozenbaum, Marguerite Margot Scapa, Rose-Claire Waissman, Olga Zimmermann.

Während des Schuljahres 1941/1942 war Paulette Goldblatt in derselben Quinta wie Raphaëlle, in der B1. Ihr Vater war Modezeichner und Schneider, und sie wohnten am Boulevard Ornano Nummer 75. Sie wurde am 14. September 1942 mit dem Konvoi N° 32 nach Auschwitz deportiert. Paulette wohnte hundert Meter von den Geschwistern Michel entfernt auf dem gleichen Trottoir. Es kann nicht anders sein, als dass sie morgens und abends den Schulweg gemeinsam zurücklegten. Aber weder Raphaëlle noch Marceline erinnern sich an sie.

Im selben Jahr war Rose Rosenkrantz in der Sexta meiner Mutter, der A3. Sie war gerade einmal einen Monat jünger als die kleine Marceline. Sie lebte allein mit ihrer Mutter Liba, einer Näherin, in der Rue Lemoine Nr. 14b, im siebzehnten Arrondissement; ihr Vater war in den Dreißigerjahren gestorben. Während der Razzia des Vél d'Hiv* am 16. und 17. Juli 1942 wurde sie mit ihrer Mutter gefangen genommen. Sie wurden in Beaune-la-Rolande interniert, von dort nach Drancy über-

* Die »Rafle du Vél d'Hiv« hat ihren Namen vom Pariser »*Vél*odrome *d'Hiv*er«, dem Radrennpalast, wo die im Rahmen der Razzia festgenommenen Juden zu Tausenden zusammengepfercht wurden. Anm. d. Ü.

stellt und schließlich mit dem Konvoi N° 76 nach Auschwitz deportiert. Meine Mutter war dreizehn Jahre alt. Sie erinnert sich auch nicht an die kleine Rose, die niemals ihre Versetzung in die Quinta erleben sollte.

Ich habe keine Erklärung für diesen Gedächtnisverlust. Nachdem ich *Nacht und Nebel* gesehen hatte, bin ich zitternd ob der entsetzlichen Bilder nach Hause gegangen; Michel Bousquets metallische Stimme hallte noch nach. Ich habe Fragen gestellt, Dutzende. Wir wussten von nichts, sagte meine Mutter. Ich war zu jung, ergänzte mein Stiefvater. Meine Großmutter wich aus. Mein Großvater war tot, und wer weiß, was er mir geantwortet hätte.

Vielleicht war das Verbrechen so total, so unvorstellbar und diese beiden Kinder so ohnmächtig, dass der Wunsch zu vergessen die lange Arbeit des Auslöschens vollendet hatte. Vielleicht fürchteten die Eltern auch, die kleinen Mädchen in Angst und Schrecken zu versetzen. Leider hege ich den Verdacht, dass bei den Michel all das Monströse, das sich unter ihren Augen abspielte, niemals Gegenstand der Unterhaltung gewesen ist. Und in der Folge hörte ich meine Mutter allzu oft die trivialen Klischees von »den Juden« in den Mund nehmen, »die reich sind«, »die sich gegenseitig helfen«, sodass ich bestenfalls auf ihre Gleichgültigkeit schließen durfte. Der Krieg schien sich bei uns auf ein paar Einschränkungen und eine Reihe von Unannehmlichkeiten beschränkt zu haben.

Meine Mutter hatte gerade ihren fünfzehnten Geburtstag gefeiert, als Leclercs Panzer Paris befreiten. Die Hauptstadt befand sich im Freudentaumel, aber niemals hätte meine Mutter ihre Schwester auf deren nächtlichen Eskapaden begleitet: Sie misstraute den großen alliierten und draufgängerischen GIs genauso wie vordem den deutschen Besatzern. Des Abends kehrte sie brav zu ihren Eltern zurück, in die kleine Familienwohnung, wo sie auf ihre Schwester traf, die gerade ausging. Marceline arbeitete, ging früh zu Bett, und schob dabei doch den Moment des Einschlafens und der Albträume hinaus. Ihre Schwester weckte sie, wenn sie heimkam.

Ihre Leistungen in der Schule waren mäßig. Marceline war weder dumm noch eine schlechte Schülerin, aber die Anspannung bei den Prüfungen ließ sie alles vergessen. Das Abitur schaffte sie nur so gerade eben, sie schrieb sich an der Sorbonne ein, um Englisch zu studieren. Aber mit dem engen Rahmen der Schule war sie besser zurechtgekommen als mit der Freiheit, die an der Universität herrschte: Sie verirrte sich in den Gängen, fand den Seminarraum nicht, verpasste Kurse, fiel durch, sobald eine wichtige Prüfung anstand. Sie büffelte, schaffte schließlich das Lizenziat, fing an, Englisch zu unterrichten und brachte gleichzeitig ihr Studium zu Ende.

Sie war zurückhaltend und fürchtete sich vor der ganzen Welt. Und wenn ihr eigener Vater nicht darauf bestanden hätte, dass sie ihre Schwester auf den Ball der »gadz'arts« begleitet, den Ball der Ingenieurhochschule, dann hätte sie niemals Serge kennengelernt, meinen künftigen Erzeuger. Er war nicht weniger schüchtern als sie. Das schafft Verbindungen.

Marceline heiratete ihn rasch und tauschte das väterliche Domizil gegen das ganz in der Nähe gelegene eheliche. So nah, dass das Paar jeden Abend oder fast jeden Abend bei den Eltern meiner Mutter speiste. Und jedes Wochenende stießen Serge und Marceline auch auf dem Land zu ihnen. Mein Großvater schätzte diesen Schwiegersohn, diesen handwerklich geschickten Ingenieur, der ihm so sehr ähnelte. Als meine Mutter später wegen ihrer Alzheimer-Erkrankung auch noch ihre so tief sitzende Wut auf Serge vergessen hatte, erklärte sie unablässig, dass jene Jahre in einem Kokon zwischen Vater und Ehemann »die schönsten Jahre ihres Lebens« gewesen seien.

Sechs Jahre dauerte das an. Meine Mutter wurde schwanger. Und ich kam zur Welt.

*

* *

»Schau, das ist dein Papa.« Wenn ein Kind geboren wird, stellt man ihm seinen Vater vor. Niemals die Mutter. Warum sollte man auch? Es war in ihr, es ist ihre natürliche Fortsetzung. Und doch ist nichts falscher. Das schwerwiegende Quiproquo, das daraus entsteht, hat seinen Ursprung in diesem befremdlichen *Apriori*.

Ich wurde also geboren.

Das glückliche Ereignis fiel auf einen unglücklichen Zeitpunkt. Ich weiß nicht, wie lange die Liebe andauert, aber mein Vater hatte eine andere Frau kennengelernt. Meine Mutter entlarvte ihn, jagte ihn fort, dann zerbarst ihre Welt: In rasender Wut schlug sie bei sich zu Hause bis auf den geringsten Gegenstand alles kurz und klein. Und dann brach sie zusammen.

Sie flüchtete zu ihren Eltern, war niedergeschmettert, verweigerte jeden Kontakt mit meinem Vater. Sie verfiel in eine Depression, sie konnte ihren Unterricht an der Schule nicht aufrechterhalten. Sie ließ mich zuweilen allein, ohne sich um mich zu kümmern. Oder aber ganz im Gegenteil: Sie nahm mich in ihre Arme und wiegte mich Liedchen summend so lange hin und her, dass meine Großmutter mich ihr entreißen musste. Sie oszillierte zwischen Anfällen von Zerstörungswut und ununterbrochenem Geschluchze – und verfiel plötzlich in tiefes Schweigen. Ihr Vater war beunruhigt und traf alle Entscheidungen für sie. Er überzeugte sie davon, Frankreich zu verlassen, sie gehorchte. Es sollte nur vorübergehend sein. Das Vorübergehende zog sich in die Länge, und mein erstes Wort war natürlich »Oma«.

VI

MEINE SCHWESTER, DIESE NUTTE

»Den Eltern, meine Schwester, schulden wir Gehorsam.
Ein Vater allein gibt unserem Wollen die Richtung.«
Molière, *Die gelehrten Frauen*

»Meine Schwester ist eine Nutte«, wurde meine Mutter nicht müde zu wiederholen, sobald der Damm des Anstands unter dem Druck von Alter und Demenz nachzugeben anfing; sie hörte auf, Zuneigung zu heucheln.

Die Nutte war auch meine Patentante. Meine Mutter gab zu, sie nie geliebt zu haben, vielleicht gerade deshalb, weil Raphaëlle so liebenswert war.

Dieser ersten Tochter hatte der Vater großzügig seinen Vornamen vererbt. Das überaus lebhafte und fröhliche Kind war seine Lieblingstochter geblieben. Raphaëlle war nur anderthalb Jahre älter, aber die Zahl täuschte. Fast ein Jahrzehnt Abstand trennte die beiden: Meine Tante wurde mit dreizehn Jahren zur Frau, meine Mutter erst mit zwanzig. Der Körper der jüngeren Tochter hatte lange Zeit die Pubertät verweigert: Marceline hatte zugesehen, wie Raphaëlle größer wurde, wie sie sich in eine Erwachsenenwelt hineinstürzte, die ihr Furcht einflößte, und sie hatte sich geweigert, ihr nachzufolgen. Weniger lebhaft, nicht so heiter, weniger hübsch wie sie nun einmal war, hätte sie niemals mit ihr rivalisieren können.

Im August 1944, bei der Befreiung von Paris, war Raphaëlle also eine furchtlose und geistreiche Frau von siebzehn Jahren und Marceline, mit fünfzehn, ein vorpubertäres, eher verschlossenes Mädchen. Die Hauptstadt feierte, und Raphaëlle entdeckte das Leben und die Liebe. In ihrer nur wenig älteren Cousine Lucie fand sie eine pfiffige Komplizin, und zusammen streiften sie durch die Straßen, um sich von den Soldaten der Alliierten Zigaretten anbieten zu lassen. Beide zusammen »hauten so richtig auf die Pauke«, wie meine Großmutter es in den seltenen Momenten ausdrückte, in denen sie diese Zeit heraufbeschwor.

Mit nicht einmal zwanzig Jahren lernte Raphaëlle einen amerikanischen Offizier kennen. Sofort war sie sehr verliebt und genauso schnell sehr schwanger. Allein, unter dem plötzlichen Druck der Verkündung dieser Schwangerschaft eröffnete ihr der Mann, dass er verheiratet sei und im Übrigen bereits zwei Kinder habe. Um die weinende junge Frau davon zu überzeugen, hatte er ihr Fotos von seiner Hochzeit und seinen beiden Jungen zeigen müssen. »Du kannst dir wohl denken …«, sagte meine Mutter später zu mir, nicht ohne Schadenfreude und ohne dass deutlich wurde, ob sie damit zu verstehen geben wollte, dass man von einem Mann, oder eben von ihrer Schwester, wohl kaum etwas anderes erwarten konnte. Das Kind musste weggemacht werden, wie man das damals ausdrückte. Lucie war erst einundzwanzig Jahre alt, aber auch sie hatte bereits dieses Missgeschick erlebt, und sie war es, die die »Engelmacherin« fand, die die Abtreibung organisierte, sie war es auch, die dafür sorgte, dass die Schande meiner Tante weniger groß war und sie sich sanfter davon erholen konnte.

Aber Raphaëlles Trauer war zweifelsohne immens. Sie verlor ein Kind, einen Liebhaber, die Hoffnung auf ein anderes Leben. »Ach ja, diese Idee, nach Amerika wegzugehen, sie war so glücklich ...«, wiederholte meine Mutter, noch immer wütend darüber, dass sie so glücklich zu sein gewagt hatte. Ihre Schwester war frei, abenteuerlustig und leichtherzig, alles Charaktereigenschaften, die ihr zuwider waren.

Ende der Vierzigerjahre fanden die Wege der beiden Mädchen trotz allem zusammen. Von ihrem Vater ermutigt, begannen sie mit dem Gesang. Ihr Vorbild war das ehemals berühmte, heute vergessene Swing-Duo der *Sœurs Étienne*, das in den Kabaretts von Montmartre begonnen hatte. Lange vor Yves Montands Schallplattenaufnahme hatten Odette und Louise Étienne schon mit dem Orchester Raymond Legrand »C'est si bon« interpretiert:

»C'est si bon,
wir fahr'n irgendwo hin,
ohne Ziel, ohne Sinn,
und singen ein Chanson.«

Sie sangen auch »Je mehr ich dich küsse«, eine französische Version des fröhlichen Ragtime-Songs *Heart of my Heart* des amerikanischen Sängers Ben Ryan, der aus dem Jahre 1928 stammte, aber noch auf einigen elektrischen Klavieren gespielt wird und das Lio neu interpretiert hat. Als Kind habe ich meine Mutter tausend Mal dieses Chanson trällern hören, und noch heute kann ich es auswendig: »Die Zeit, die vergeht, kann nichts dran ändern …«

Es war kein Geheimnis: Marceline hatte davon geträumt, dass sie und ihre Schwester die *Sœurs Michel* werden sollten. Schließlich stammten die beiden aus einem Dorf der Region Meurthe-et-Moselle und waren demnach nicht provinzieller als die beiden Rivalinnen aus Reims. Aber siehst du, »Raphy wollte nicht arbeiten«. Niemals hatten sie einen öffentlichen Auftritt, und noch im Alter von über achtzig Jahren konnte die kleine Marceline über den Abbruch dieser Karriere in Rage geraten: »Verstehst du«, wiederholte sie mir ständig, »Raphaëlle wollte singen, bevor sie es gelernt hatte. Das war's«. Meine pragmatischere Tante gab lieber zu, dass weder die eine, noch die andere wahre Sopranistinnen waren. Auch wenn gut zu singen wohl gar nicht so wichtig war, wenn man sich die *Sœurs Étienne* anhört. Doch wären zwei Duos von Swing-Sängerinnen ohnedies eines zu viel für den Markt gewesen.

1950. Die Ältere war wenn nicht ruhiger, so doch klüger geworden, und mit Serge Brenner, einem jungen Ingenieur, liiert; die Jüngere, zur Frau geworden, studierte Englisch, und der Serge Goupil, den sie kennengelernt hatte, war nebenbei ein Freund von Serge Brenner. Die beiden Männer hatten nicht nur den gleichen Vornamen und das gleiche Diplom der Pariser Ingenieurhochschule der *Arts et Métiers*: Sie fanden beide ihre erste Anstellung im selben Unternehmen, bei einem französischen Produzenten von Planiermaschinen, wenngleich der Serge meiner Tante im Verkauf arbeitete und mein zukünftiger Vater in der Forschung. Die Ähnlichkeit ging noch weiter: Die Eltern des einen wohnten in der Rue Ordener, auf der Seite mit den geraden Hausnummern, die Eltern des anderen auf der anderen Seite mit den ungeraden Hausnummern.

Eine Absonderlichkeit: Serge Brenner hatte seinen Vornamen vom Vater, Serge Brenner, bekommen. Und als Raphaëlle und er ihr erstes Kind bekamen, tauften sie es Serge. Dieses dynastische System war nicht sehr praktisch: Wenn mein Cousin, mein Onkel und mein Großonkel beisammen waren, konnte man nicht »Serge« rufen, ohne eine gewisse Verwirrung zu stiften.

Serge Brenner (also der mittlere) war größer, offenherziger und zweifellos gewitzter als Serge Goupil. Mein zukünftiger Onkel kam jedenfalls rasch zu Reichtum: Nach kaum zehn Jahren bezogen meine Tante und ihre ganze Familie eine riesige Wohnung im 17. Arrondissement von Paris, mit zwei ausladenden Wohnzimmern, einem Büro, einem Gästezimmer und breiten, weitläufigen Fluren. Man konnte dort Verstecken spielen, und eine Haushaltshilfe war als Vollzeitkraft angestellt.

Die Krankheit meines Großvaters bot meiner Mutter die Gelegenheit, sich in ein Wettrennen um Opferbereitschaft zu stürzen, für das sie, um ihrer Sache sicher zu sein, selbst die Regeln aufstellte. Sie bestand darauf, ihn für jede Transfusion ins Krankenhaus zu begleiten. Das war oft sehr früh am Morgen, und Raphaëlle, die weiter entfernt wohnte und ihre Kinder zur Schule bringen musste, musste mit diesem Handicap starten. Und wenn sie sich freinahm, um ihn zu begleiten, kam die Jüngere dazu, denn sie ertrug es weder, an Selbstlosigkeit übertroffen zu werden, noch, ihren Vater mit Raphaëlle alleine zu lassen. Letztere verlor schließlich den Mut. Nie hörte meine Mutter auf, ihr das vorzuwerfen, indem sie zugleich die Beispielhaftigkeit ihres eigenen Opfergeists hervorhob. Ein bemerkenswerter Fall von interessierter Interesselosigkeit.

Nach dem Tod ihres Vaters setzte Raphaëlle den Ferien in dem Haus in der Picardie ein Ende, aber sie begann, ihre Mutter, ihre Schwester, meinen Stiefvater und mich einzuladen, eine oder zwei Wochen im Familienkreis zu verbringen. Das fand oft in einer schönen Villa an der Côte d'Azur statt, in Cannes, in Antibes, oder in einem Haus im stark auf *vintage* gebürsteten Port-Grimaud. Mein Onkel nahm uns mit zum Wasserski auf seinem Außenborder, einem Chris Craft, dessen aggressiv klingender Name mich faszinierte. Das 9-Meter-Boot, die Lyna 1, trug, nur unwesentlich verändert, den Namen meiner Cousine. Es gab dann eine Lyna 2, die noch größer war, und eine Lyna 3, die noch schneller war. Ich mochte diesen Sport nicht sehr, bei dem ich als stark Kurzsichtiger meine Brille abnehmen musste und mit einer verschwommenen und feindlichen Welt konfrontiert wurde. Ich zog es vor, an Deck zu bleiben, vom starken Schlag der Wellen zu profitieren, vom Bugspriet und dem Aufheulen der Motoren.

Im Jahre 1967 lancierte der Abfahrtsläufer Juan Vuarnet den Wintersportort Avoriaz. Es war eine Revolution: ein autofreier Wintersportort, entworfen von dem Architekten Jacques Labro, ein Ort, den man nur mit der Gondel erreichen konnte, wo man die Skier vor dem Hauseingang anschnallte und sich in Schlitten, die von Rentieren gezogen wurden, fortbewegte: ein permanentes Weihnachten. Leider wurden die Rentiere nach und nach durch effizientere Arbeitsgäule ersetzt. Die unregelmäßig gestalteten Gebäude, die auf die Namen von Koniferen getauft waren, Sequoia, Lärche, Sosna, sollten mit dem Gebirge verschmelzen. Sehr schnell kaufte mein Onkel dort eine großartige Fünfzimmerwohnung auf zwei Etagen. Er überzeugte meine Mutter und meinen Stiefvater, dort zu investieren. Das war ein großes finanzielles Opfer für ein Lehrerehepaar, aber sie beschlossen, ein Appartement zu kaufen, dessen saisonweise Vermietung die Abzahlungskosten so gut wie aufwog. Ein gutes Geschäft. Wir fuhren im Winter eine oder zwei Wochen dorthin, aßen jeden Abend in fröhlicher Tafelrunde bei meinem Onkel und meiner Tante, bevor wir zum Schlafen wieder zurück ins Appartement gingen.

Erst spät habe ich begriffen, wie überfordert und gedemütigt meine Mutter von diesen Ferien war, deren Luxus sie ihrer Schwester verdankte. Wenn die Familie versammelt war, hielt sie sich zurück, aber sobald wir allein waren, beschuldigte sie unaufhörlich ihren Schwager, Bestechungsgelder zu kassieren, in »unsaubere Geschäfte« verwickelt zu sein, und warf – durchaus widersprüchlich – ihrem Ehemann seine Ehrlichkeit vor, oder gar, schlimmer noch, seinen »mangelnden Ehrgeiz«, in einem Wort seine »Blödheit«. Aber wer kann schon zugleich in der Mittelstufe Englisch unterrichten und im Export – Import stark sein.

Von der Raphaëlle dieser glanzvollen Epoche habe ich die Erinnerung an eine schöne Frau behalten, die zu schnell in ihrem Austin Mini fuhr, die ihre Zeit mit Shoppen, Friseur und ihrer Familie verbrachte. Vom Wein wurde sie lustig, und da sie stets eine Flasche Champagner im Kühlschrank hatte, die gerade angebrochen war, war sie oft fröhlich gelaunt. »Ich bin ein wenig beschwipst«, war ihr Standardspruch.

Meine Mutter hingegen trank niemals. Ein Tropfen Alkohol, und sie verlor gänzlich die Kontrolle über sich selbst, ein Lachkrampf schüttelte sie, und die Dämme brachen: Sie war in der Lage, jeden Unsinn zu erzählen, ein Ausdruck, der in Wahrheit besagt, dass man in diesen Momenten gerade keinen Unsinn erzählt. Der Teufel existiert nicht, und genau deshalb macht er solche Angst, wenn er aus der Kiste springt.

Manchmal, zu selten, nahm meine Tante mich mit ins Kino. Ich war dreizehn, als sie mich in *Man ist immer zu gut zu den*

Frauen mitnahm, diesen Film von Michel Boisrond nach dem Buch von Sally Mara *alias* Raymond Queneau. Es spielten darin der großartige Jean-Pierre Marielle und die anrührende Élisabeth Wiener, die Musik war von Claude Bolling. Eine Epoche für sich, wie es in *Mein Onkel, der Gangster* heißt. Meine Tante, ganz betäubt von Repliken wie »Ich werde dich aufspießen wie einen Schmetterling«, wiederholte, als wir aus dem dunklen Kinosaal heraustraten, dass dieser Film nichts für mein Alter sei und dass sie mich niemals hätte mitnehmen dürfen. Ich konnte nicht einsehen, warum.

Anfang der Achtzigerjahre zerbrach das gewittrige Paar, das meine Tante und mein Onkel gebildet hatten. Meine Tante, die bis zum Alter von fünfzig Jahren niemals hatte arbeiten müssen, eröffnete ein Geschäft, eine Kleider-Boutique. Schnell schuf sie sich eine Klientel. Meine Mutter fand sich plötzlich, vom rein finanziellen Standpunkt aus betrachtet, auf einem etwas ausgeglicheneren Niveau wieder.

Dann lernte meine Tante einen anderen Mann kennen, einen Junggesellen, einen alternden Schönling mit langem grauen Haar, älter, aber nichtsdestoweniger reich, jemand aus der Milchindustrie, der ganz offensichtlich sehr in sie verliebt war. Sie, die immer von Amerika geträumt hatte, hatte nur selten Frankreich verlassen: Er unternahm Reisen mit ihr. Von Miami aus unternahmen sie eine Kreuzfahrt in den Golf von Mexiko, durchstreiften von einem Zwischenhalt zum nächsten die armen Küsten Mittelamerikas. Nach ihrer Rückkehr, bei einem Mittagessen bei sich zu Hause, nahm meine Tante mich zur Seite. Ich war im Jahr zuvor nach Guatemala gefahren. In der Küche sprach sie sehr bewegt zu mir von dem riesigen Markt in Merida, der Hauptstadt von Yucatán, dem schockierenden Kontrast zwischen den Touristen, die aus dem Kreuzfahrtschiff ausstiegen, und diesen zerlumpten Frauen, die ihnen Früchte und Schmuckketten verkaufen wollten. »Diese Leute waren so arm, das kannst du dir nicht vorstellen. Das heißt, doch, du kannst es dir vorstellen.« Sie war so aufgewühlt, wirklich aufgewühlt, ob der Gewalt in dieser Welt. Verwirrt, arglos, wiederholte sie, während sie mir die Hände drückte: »Ich verstehe dich, ich verstehe dich so sehr«, als ob mein politisches Engagement ihr plötzlich sinnvoll erschien. Derartig aus der Fassung gebracht, wusste der militante Trotzkist, der ich zu jener Zeit war, keine Antwort.

Sie ging zurück ins Esszimmer, setzte sich hin und trank in einem Zug ihr Glas Champagner aus. Und das war's. Vom Elend des Volkes war im Folgenden keine Rede mehr, es sei denn rein anekdotisch. Aber während dieses flüchtigen Augenblicks war ihr Gesicht weniger von Mitleid als von einer ehrlichen Wut gerötet. Der andere hatte plötzlich existiert, und sie hatte sich selbst tief ins Herz geschaut, sie hatte Scham empfunden, dieses Brennen, mit dem die Moral beginnt und zuweilen der Kampf. Am anderen Ende des Tisches beobachtete meine Mutter ihre Schwester mit Fischaugen. Hatte auch sie, irgendwann einmal, Scham empfunden? Hätte ich ihr die Frage gestellt, sie hätte mir kopfschüttelnd geantwortet: »Aber weshalb denn?«

Die Jahre vergingen. Raphaëlle trennte sich erneut. Sie reiste nicht mehr, und nach weiteren Schicksalsschlägen wandte sie sich ihrer Schwester zu: Guy hatte gerade geerbt. Die reich gewordene Ameise hätte sich in diesem Augenblick über die gefallene Grille lustig machen können, aber die Lust daran, in der Lage zu sein, ihr helfen zu können, war noch größer. Meine Mutter half ihr aus, wie man jemandem etwas heimzahlt. Meine Tante verkaufte ihr die Pelzmäntel, meine Mutter kaufte ihr auch die Elfenbeinschnitzereien ab, obwohl sie die gar nicht mochte, und chinesische Vasen. Raphaëlles vergangener Glanz wechselte den Besitzer. Und die gestern noch ungelösten Spannungen zwischen den rivalisierenden Schwestern schienen zu verblassen.

Aber nicht einmal eine Woche nach Guys Tod verfiel meine Mutter in eine Demenz, deren erster Ausdruck eine überraschende Fiktion war: Sie machte sich weis, dass ihre Schwester ihr ganzes Leben lang Guys Geliebte gewesen sei. Und von heute auf morgen wurde ihr Ehemann ein »Schwein« und ihre Schwester, ganz entschieden, eine »Nutte«.

»Ich hasse sie!«, brüllte sie, während sie ihre Straße hochging, und die ganze Welt sollte Zeuge sein. »Ist dir das klar, ist dir das klar?«, wiederholte sie mir. »Was für ein Bande von Kotzbrocken!«

Das Ganze war so unwahrscheinlich, dass niemand ihren Irrsinn teilen mochte. Und diese allgemeine Ungläubigkeit verdoppelte ihre Wut.

Nichts passte zusammen.

Zunächst war da die einfache Frage des Terminkalenders. Ein halbwegs gelungener Ehebruch braucht Zeit. Aber meine Mutter und Guy waren so gut wie nie voneinander getrennt. Wenn er aus dem Haus ging, dann für eine Stunde, höchstens. Ich kann mir vorstellen, dass es meiner Tante, so lebenslustig wie sie war, schwergefallen wäre, sich mit so wenig zufriedenzugeben.

Aber vor allem sollte man beim Ehebruch eher zu zweit sein, und ich konnte mir nicht vorstellen, was Raphaëlle an Guy gefunden haben könnte, der ganz entschieden weder schön war noch lustig, noch intelligent, noch charmant. Ließ man die Männer Revue passieren, die sie in ihrem Leben zu Begleitern erwählt hatte, dann war Guy keine ernst zu nehmende Hypothese.

Jeden Tag erfand meine Mutter eine neue Geschichte: Mein Cousin habe ihr diese Liaison »bestätigt«, und da sei eine »Freundin«, deren Namen sie vergessen habe, die aber die beiden Jahre zuvor »im Hinterzimmer der Boutique« überrascht habe, oder auch, ihre Schwester selbst habe ihr »alles gestanden«.

Sie begann, in ihrer Wohnung zahllose Notizen, Umschläge, Werbebroschüren an die Wände zu kleben. Sie schrieb darauf: »Ich will nicht, dass Raphy, DIE NUTTE, zu meiner Beerdigung kommt. ICH VERFLUCHE SIE!« In Großbuchstaben. Glücklicherweise konnte meine Mutter noch nicht twittern.

Einmal sagte sie mir, sie trage stets ein Küchenmesser bei sich. »Falls ich auf Raphy treffe.« Ich durchsuchte ihre Tasche. Es stimmte nicht.

Eines Morgens, so erzählte mir meine Cousine, hätten sich beide Frauen Aug in Aug auf der Straße gegenübergestanden. Auf die Anschuldigungen meiner Mutter habe meine Tante ungläubig den Kopf geschüttelt.

– Dann schwöre mir, schwöre mir, sagte meine Mutter, dass du nie mit Guy geschlafen hast.

– Ich schwöre es dir, sagte meine Tante.

– Schwöre es beim Grab unseres Vaters, und ich werde dir glauben, insistierte meine Mutter.

– Ich schwöre es beim Grab unseres Vaters, sagte meine Tante.

Es entstand ein langes Schweigen, dann brach es aus meiner Mutter heraus:

– Ich glaube dir nicht.

Sie entfernte sich mit eiligen Schritten, war außer sich und ließ eine vollkommen perplexe Raphaëlle auf dem Boulevard stehen.

Aber auf diese Weise hatte meine Mutter zwei Fliegen mit einer Klappe geschlagen. Sie brauchte nie das Grab ihres Dreckskerls von Ehemann zu besuchen und hatte den besten aller Vorwände, um ihre Schwester, diese Nutte, nicht mehr zu sehen.

Aber jede Berufung zum Opfer verlangt nach einem besonderen Henker. Dieser war mein Vater.

VII

GENITOR

»Mangels genauerer Hinweise wusste niemand, bei mir selbst angefangen, wozu auch immer ich auf die Welt gekommen war.«
Jean-Paul Sartre, *Die Wörter*

Die erste Szene meines Lebens, in der mein Vater gegenwärtig ist, hat mir meine Mutter erzählt: Sie und er befinden sich in der Küche der kleinen Zweizimmerwohnung in der Rue Baudelique, unweit des Rathauses des XVIII. Arrondissements. Wie aus einem Traum erwachend sagt mein Vater plötzlich:

– Ich wünsche mir so sehr ein Kind.

– Aber … du hast doch einen Sohn, sagt meine Mutter, indem sie auf mich zeigt, ein rosiges, sechs Monate altes Baby, das an seinem Fläschchen nuckelt.

Ich weiß bis heute nicht, ob diese Geschichte einen Funken Wahrheit enthält oder ob meine Mutter sie aus freien Stücken erfunden und mir dennoch immer wieder in der ungeschminkten Absicht aufgetischt hat, mich von meinem Vater zu entfernen. Ich neige zur ersten Hypothese, auch wenn meine Mutter allzu oft dieselben Wörter benutzt hat, um sie nicht ein wenig romanhaft ausgestaltet zu haben.

Meine erste Erinnerung an ihn ist ein Schnappschuss: In einem kleinen Pariser Esszimmer, dessen beide Fenster auf die sehr Modiano'sche Rue Ordener hinausgehen, nimmt ein Tisch mit einer Wachstuchdecke fast den ganzen Raum ein. Es sind Überbleibsel eines Desserts auszumachen, Krümel eines Dreikönigskuchens. Ich weiß nicht, ob man mich die darin versteckte kleine Figur hat finden lassen. Hinter diesem Tisch steht angelehnt an einen hohen Geschirrschrank voller dekorativer Teller ein Mann: Er betrachtet mit ängstlicher Zurückhaltung einen kleinen, sieben oder acht Jahre alten Jungen, der sich in diesem etwas beklemmenden Raum auch nicht an seinem Platz fühlt. Es ist ein Pflichttermin, ein Sonntag bei meinen Großeltern väterlicherseits, eine Art missglücktes *speed dating* zwischen einem Vater und seinem Sohn. Er traut sich an diesem Tag nicht, auf mich zuzugehen, und was die anderen Treffen angeht, habe ich keinerlei Erinnerung an eine zärtliche Geste, niemals. Zu seiner Entlastung hatte ich das Gefühl, dass er sich zurückhielt, dass er eine zu große Distanz zwischen uns hatte entstehen lassen, als dass er sie in diesen seltenen Stunden, da wir uns begegneten, hätte überwinden können, es sei denn, ihn lähmte das Gefühl, meiner Mutter gegenüber ein »Verräter« zu sein. Es ist dies die einzige Erinnerung, die mir an die Wohnung meiner Großeltern väterlicherseits geblieben ist, in der ich nur selten auf Besuch war. Der Ort ist inzwischen mit sehr vielen anderen, weitaus schmerzlicheren Erinnerungen behaftet, denn das Wunder städtischer Raumnutzungspläne hat daraus die Praxis meines Zahnarztes gemacht. Ich gehe mit Wahnschmerzen dorthin, würden Lacanianer sagen. Ich bin mir da indessen nicht so sicher.

Denn mein Vater hatte keinerlei väterliche Ader. Zumindest waren seine Kompetenzen in dieser Materie beschränkt.

Mein Erzeuger war gerade einmal zweiundzwanzig Jahre alt, als er meine Mutter kennenlernte, die derer erst zwanzig zählte. Sie war seine Erste, er ihr Erster. Zwei Jahre später waren sie verheiratet, obwohl weder der eine noch die andere mit dem Studium fertig waren.

Sieben Jahre lang lebten Serge und Marceline zusammen in ihrer kleinen Zweizimmerwohnung in der Rue Baudelique. Ich kam spät zur Welt, zweifellos zum ungünstigsten Zeitpunkt. Mein Vater hatte gerade eine Frau kennengelernt, Marinette, und wahrscheinlich war sie schon seine Geliebte, als ich gezeugt wurde. Vielleicht hatte meine Mutter, die Untreue ahnend, auch vorgehabt, ihn auf diese Weise an sich zu binden? Von Marinette weiß ich nicht viel, außer ihrem Vornamen, und dass sie, um dem Klischee zu genügen, seine Sekretärin war.

Meine Mutter musste bereits genug Verdachtsmomente haben, um auf der Suche nach einem Indiz, wenn nicht gar dem Beweis für seine Liaison regelmäßig seine Jacke zu durchsuchen. Schließlich entdeckte sie, wonach sie suchte, und eines Abends, als mein Vater von der Arbeit nach Hause kam, standen seine Koffer auf dem Treppenabsatz, und die Tür hatte ein neues Schloss, auf das keiner seiner Schlüssel passte. Mein Großvater hatte einen Schlosser kommen lassen. Mein Vater fand Unterschlupf bei seinen Eltern, dann bei seiner Schwester, und die kleine Wohnung stand ein paar Wochen lang leer, denn meine Mutter und ich wurden von Großpapa beherbergt.

Mein Vater rief mehrmals täglich an, aber meine Mutter weigerte sich, mit ihm zu sprechen, was eine extrem radikale Haltung für eine Frau war, die sich sonst mit so allerlei in der Welt abfand. Meine Großmutter hob jedes Mal ab und gab ihm mit gedämpfter und ängstlicher Stimme zu verstehen, dass er, zumindest fürs Erste, keine Versuche mehr unternehmen sollte, Marceline zu erreichen. Sie litt zu sehr. Er willigte also darin ein, ohne dass es ihm auf übertriebene Weise das Herz zerrissen hätte, aus dem Leben meiner Mutter und dem meinen zu verschwinden. Großpapa hatte das »zu meinem Besten« ausgehandelt. Er hatte es mit der Autorität eines Patriarchen getan, der sich nie auch nur irgendjemand entgegenzustellen gewagt hätte, recht unverfroren im Grunde, denn in Fragen ehelicher Treue war er nicht gerade eine Autorität.

Erst als ich selbst Vater wurde, habe ich begriffen, dass zu jener Zeit zwei aus der Bahn geratene Planeten zusammengeprallt waren: ein ewiges, nach Rache dürstendes Opfer und ein Mann, der darüber erleichtert war, sich seiner Vaterpflichten enthoben zu sehen.

Ich weiß nicht, wie viele Monate, Jahre seine Liaison mit Marinette andauerte. Ich weiß so wenig über sein Leben. Ich weiß nur von zwei seiner weiteren Frauen: Svetlana, dann Rosy.

Svetlana hatte mein Vater 1967 kennengelernt, bei einer Geschäftsreise nach Prag. Niemand in diesem heute auseinandergebrochenen Ostblockstaat, der die Tschechoslowakei einmal war, hätte ernsthaft in Erwägung gezogen, auf Englisch zu verhandeln, in dieser verachtenswerten Sprache, die doch auf beiden Seiten des Tisches ein jeder beherrschte. Svetlana war also die hübsche und omnipräsente Übersetzerin. Sie war dreiundzwanzig Jahre alt, er vierzig, sie hatte blaue Augen, er einen Pass von der gleichen Farbe: Sie waren füreinander bestimmt. Trotz ihres jungen Alters hatte sie, außer dem dringlichen Wunsch, den Eisernen Vorhang zu passieren, zwei Söhne, Marek und Radim: Sie hatte einen abscheulichen Ehemann verlassen, der sie, wie sie Serge gestanden hatte, schlug.

Serge war über beide Ohren verliebt und hatte sie noch zwei- oder dreimal wiedergesehen, bevor er sie anlässlich einer letzten Reise dorthin in Prag heiratete. Zurück in Paris erledigte er alle Behördengänge. Dies war umso dringlicher, als Svetlana mit einem kleinen Mädchen schwanger war, meiner künftigen Halbschwester. Um in Frankreich niederkommen zu können, stieß sie rasch mit ihren beiden Söhnen zu ihm. Das, so scheint es, beschleunigte ihre Einbürgerung.

Aber ach, die nunmehr französische Svetlana schien plötzlich sehr viel weniger in Serge verliebt zu sein als die tschechische Svetlana, und sehr schnell wurde aus dem Idyll ein Gemetzel. Als Valérie geboren wurde, wankte das Paar bereits ein wenig. Serge verstand sich schlecht mit den beiden Knaben, die ich nur ein einziges Mal gesehen habe und die mir verstockt und hochgradig gewalttätig zu sein schienen. Und doch schrieb er in einem Brief an meine Mutter, der aus dieser Zeit stammt, dass er »sie lieben wolle wie seine eigenen Kinder«, was ihn, das sei ganz unmaliziös angemerkt, zu nichts Großem verpflichtete. Aber er hatte keine Gelegenheit mehr, sein ganz neues Vatergefühl zum Ausdruck zu bringen, denn Svetlana trennte sich kurz darauf von ihm, wobei sie ihn ehelicher Gewalt bezichtigte, was er immer wieder leugnete. Bei dem sehr konzilianten Richter setzte sie durch, dass ihre kleine Tochter bei ihm blieb.

Seit einigen Jahren schon hatte sie, wie Serge später in Erfahrung brachte, einen Liebhaber, eben den Notar, der ihren Ehevertrag aufgesetzt hatte. Letzterer kümmerte sich mit noch größerer Eilfertigkeit um die Scheidungsprozedur. Svetlana ließ meinen Vater mit einer Tochter sitzen, von der er nicht so recht wusste, was er mit ihr anfangen sollte, sowie mit einer weiteren Verpflichtung zur Unterhaltszahlung. Dann überließ sie den Notar seinem Notariat, schiffte sich mit ihren beiden Söhnen nach Korsika ein, wo sie, wenn das nicht extravagant ist, in Porto-Vecchio ein thailändisches Restaurant eröffnete. Sie heiratete wieder, bekam diesmal zwei Töchter, dann ließ sie sich abermals scheiden. Diese Frau hatte viel überschüssige Energie.

Ich sah Serge nur zu wenigen Anlässen, die weder mit Weihnachten noch mit meinem Geburtstag zusammenfielen. Er wurde, da bin ich sicher, zu meiner Erstkommunion eingeladen, und ich glaube, ihn im Jahr darauf beim vierzigsten Geburtstag meiner Mutter wiedergesehen zu haben.

Es kam das Jahr meines Abiturs, das ich nicht gerade glanzvoll bestanden habe. Ich hatte ihn seit vier Jahren nicht gesehen; er lud mich, um meinen Erfolg zu feiern, in ein Touristenrestaurant an der Place du Tertre ein. Sein eigener Vater hatte sich lange Jahre als Sonntagsmaler auf dem Montmartre betätigt, und es finden sich noch ein paar Gemälde dieses Großvaters Goupil in meinem Besitz, darunter eine hübsche Ansicht der Rue des Saules und ein, im übrigen recht gelungenes, Stillleben mit Kerze. Von diesem Mittagsmahl ist mir nichts in Erinnerung geblieben, außer dass ich in der Sonne ein blutiges Pfeffersteak gegessen habe und auch, dass ich mich zwei Stunden lang um die Frage der Anrede herumgedrückt habe: Sollte ich ihn Papa nennen? Oder einfach Serge? Wir wollten uns gerade voneinander verabschieden, als ein Künstler sich anerbot, einen Scherenschnitt meines Profils aus Karton herzustellen. Serge willigte ein, und ich nahm, viel zu lange, auf einem Hocker Platz; ich wollte gehen, wollte, dass diese Begegnung, die nicht viel Sinn hatte, so schnell wie möglich zu Ende ging. Endlich war das Porträt fertig. Ich hatte gedacht, Serge wolle es als Andenken an dieses Mittagessen mit seinem Sohn behalten, aber nein, er schenkte es mir: Es sah mir sehr ähnlich. Wir verabschiedeten uns, und ich ging zu Fuß nach Hause, vorangetrieben von dem starken Gefälle und einem weniger starken Kummer und einer Art Replik meiner selbst in der Hand, schwarz und geplättet. Ich wollte den Scherenschnitt wegwerfen, aber irgendetwas in mir weigerte sich, in einer Mülltonne zu landen. Ich habe ihn aufgehoben.

Am 5. Juli 1974 setzte Staatspräsident Valéry Giscard d'Estaing die Volljährigkeit auf achtzehn Jahre herab. Diese Maßnahme machte mich wenige Monate später zum Erwachsenen: Ich verließ das elterliche Domizil zwei Tage nach meinem Geburtstag. Ein Freund beherbergte mich, aber eine rasch überschlagene Rechnung machte deutlich, dass es mit meinen Ersparnissen nicht weit her war. Ich beschloss, Serge anzurufen. Ich erklärte ihm kurz meinen neuen Status als Student der Mathematik ohne einen Heller in der Tasche. Er hörte schweigend zu.

Leider »traf sich das gerade schlecht«, »kam es im unpassenden Augenblick«.

Svetlana und er ließen sich gerade scheiden, und das zu den für ihn schlechtesten Bedingungen. Und außerdem sah er nicht ein, warum »meine Eltern«, auch wenn ich ausgezogen war, sich weigerten, für meinen Unterhalt aufzukommen. Dies umso mehr, da ich doch beschlossen hatte, »meine Abstammung symbolisch zu verneinen«, indem ich seinen Familiennamen gegen den meines Stiefvaters eingetauscht hatte. Ich bedauerte, ihn um Hilfe angegangen zu haben, ich habe mich sogar dafür entschuldigt. Ich bin vom Stamme derer, die »Verzeihung« sagen, wenn man sie auf der Straße anrempelt. Wir waren beide darüber erleichtert, die Unterhaltung abkürzen zu können.

Jahre vergingen. Ich glaubte, dass er nunmehr endgültig aus meinem Leben verschwunden war, als ich ganz am Ende der Siebzigerjahre einen Anruf von ihm erhielt. Das Gespräch begann sehr eigenartig. Er erzählte mir zunächst von seiner kurz zurückliegenden Beförderung in seiner neuen Firma, dann sprach er von seiner Begegnung mit Rosy, einer großen und schlanken Blonden, die ein »Mannequin« sei. Er stand noch ganz unter dem Zauber der Umstände ihres Kennenlernens: ein harmloser Zusammenstoß, ein Autounfall, der dazu geführt hatte, dass sie ihre Telefonnummern austauschten (der Schuldige war er). Sie wollten in der nächsten Woche heiraten, und ich begriff aus einem Nebensatz heraus, dass seine Zukünftige den Wunsch geäußert hatte, ich möge mich doch aus dekorativen Gründen zu diesem matrimonialen Anlass einfinden. »Leider«, antwortete ich ihm, »trifft sich das gerade schlecht«, »kommt es im unpassenden Augenblick«. Ich bin nicht gerade stolz auf diese Retourkutsche, es war die einzige, die mir einfiel.

Immerhin nahm ich die nächste Einladung an. Ich war Valérie, die jetzt dreizehn Jahre alt war, noch nie begegnet, und Sonia, meine Begleiterin, begleitete mich. Sie studierte, wie ich, Mathematik, aber mit sehr viel mehr Verstand, und wurde Jahre später aufgrund eines objektiven Zufalls Jacques Roubauds Assistentin. Auf der Rückfahrt nach Paris warf Sonia mir vor, zu ironisch gewesen zu sein, sie vermutete, ich habe allen etwas vormachen, meine Gefühle verbergen wollen. Ich weiß es nicht mehr.

Von diesem Tag ist mir vor allem ein längerer Aufenthalt im Badezimmer in Erinnerung geblieben. Serge hatte ein »Unterdruckbetriebenes Magazin für Harpunen« erfunden, das er sich in den USA hatte patentieren lassen (US 44966417 A), und er testete das Gerät in seiner Badewanne. Seit seiner Entlassung hatte er sich in seiner unfreiwilligen Freizeit zu beschäftigen. Die Welt verdankte ihm auch eine »Vorrichtung für den seitlichen Niveauausgleich bei ruhenden Anhängerfahrzeugen (insbesondere Wohnwagen)« (Patent EP 0011029 A1) und eine »stufenverstellbare Isolier-Sonnenblende« (Patent EP 0031592 A1). Nicht zu vergessen jenes »System zur Verdunklung von Vaterbeziehungen«, das zu patentieren er nicht bedacht hatte.

Abermals verfloss einige Zeit. Die Mathematik hatte ich aufgegeben, ich studierte Journalistik. Das Telefon klingelte, und eine weibliche Stimme sprach:

– Guten Tag, Hervé, ich bin's, deine Schwester.

– Meine Schwester? Aber ich habe keine Schwester.

Ich hatte nicht eine Sekunde lang nachgedacht, und es stellte sich ein langes Schweigen ein.

– Aber ja doch, ließ sich die Stimme wieder vernehmen, die ihre Bestürzung langsam überwand. Ich bin Valérie, deine Schwester.

Valérie war nunmehr fünfzehn Jahre alt, ich immer noch acht Jahre älter, und sie wollte diesen großen Bruder, den sie nur ein einziges Mal gesehen hatte, zu ihrem Geburtstag einladen. Ich schämte mich und begab mich an einem regnerischen Sonntag im November zu ihr. Es war fürchterlich: Eine Stunde lang herrschte Ruhe, dann kippte alles zurück in das, was ihr Alltag sein musste. Rosy schimpfte ständig mit einem dünnhäutigen jungen Ding, dem sie seine Unverschämtheit vorhielt, und Serge, der es sichtlich leid war, mit dieser Heranwachsenden, die er für »schwierig« hielt, unter einem Dach zu leben, war nicht in der Lage, auch nur ein klein wenig Geduld aufzubringen. Valérie konnte nicht mehr und heulte vor Wut und Ohnmacht, als der Kuchen aufgetragen wurde. Zehn Monate später floh sie zu ihrer Mutter, die wahrscheinlich auch nur wenig Lust verspürte, sie im Haushalt zu haben. Aber wenigstens gab es in Korsika die Macchia und gutes Wetter.

Wiederum ein paar Jahre später. Auf Bitten meiner Mutter richtete ich zu meinem dreißigsten Geburtstag bei mir zu Hause eine »Familienfeier« aus, zu der ich, sie beharrte darauf, auch Serge einlud. Die beiden hatten kaum die ersten Worte gewechselt, und es wurde klar, dass es für meine Mutter vor allem darum ging, Serge das ganze Ausmaß meines gesellschaftlichen Aufstiegs vor Augen zu führen, indem sie ihn durch die große Pariser Wohnung spazieren ließ, die ich mit meinem Einkommen als junger Chefredakteur abzahlen konnte. Meine Mutter genoss ihren Triumph, indem sie Serge zeigte, wie gut ich auf ihn hatte verzichten können. Sie trank ein halbes Glas Wein und wurde von einem ihrer ununterdrückbaren Lachkrämpfe durchgerüttelt, der gut zwanzig Minuten andauerte und mit seinen zwischenzeitlichen Schluchzern anfing, ihren Ehemann zu beunruhigen. Beim Nachtisch schließlich erlitt Serge einen Ohnmachtsanfall und musste sich hinlegen. Ich rief den Notarzt. Der Abend war in jeder Hinsicht ein Erfolg.

Zwanzig Jahre lang hatte ich keinerlei Nachricht mehr von ihm. Meine Schwester aber traf ich einmal in Porto-Vecchio, wo ich die Ferien verbrachte. Sie war Krankenschwester in Ajaccio geworden, hatte einen Bäcker- und Konditormeister geheiratet, einen überzeugten Separatisten, über den ich nichts sagen kann, so verschwiegen war er. Wir aßen gemeinsam zu Abend in einem typischen Restaurant und unter einer gewissen Anspannung, denn an die Wand gelehnt starrte er unablässig auf die Eingangstür, als ob er jeden Moment den Auftritt eines bewaffneten Kommandos erwartete. Serge war unser Hauptgesprächsstoff. Da sie lange mit ihm Umgang hatte, hatte sie natürlich sehr viel mehr Grund zur Klage als ich.

Oft bedauere ich diese verpassten Gelegenheiten zwischen meiner Halbschwester und mir. Niemand löst sich ohne Weiteres vom Trugbild einer Familie, und eine Verbindung mit Valérie, sei sie noch so entfernt und gleichsam *ex nihilo* konstruiert, war noch das, was einer solchen am nächsten kam. Aber ich finde nur wenig Geschmack an den Gefälligkeitsbanden des Blutes und ich fürchte mich auch, wie ich gestehen muss, vor der Heiligen Allianz der Waisen.

Zwanzig Jahre waren also vergangen. Es war Rosy, die mich anrief. Sie wollte, dass ich zu Serges achtzigstem Geburtstag komme. Es sollte, sagte sie, eine Überraschung sein. Ich überredete meinen Sohn Melville, der schon fast im Heranwachsendenalter war, mich zu begleiten. Ich wollte, dass er mit diesem abwesenden Großvater ein Gesicht verbinden konnte. Und alles in allem konnte das sehr wohl die erste und letzte Gelegenheit für ihn sein, einem Viertel seines genetischen Erbes zu begegnen. Valérie war auch da, mit ihren Kindern; ihre Tochter war so alt wie mein Sohn, Melville verlebte einen besonderen, aber angenehmen Tag. Serge fand sich in Gesellschaft von sehr engen Freunden, die sehr erstaunt darüber waren, dass er einen Sohn und sogar einen Enkel hatte. Was mich angeht, so muss ich gestehen, dass ich glücklich war, ihn zu sehen, zumal in so guter Form, was mich gleich etwas zuversichtlicher stimmte in Hinblick auf meine Zukunft in medizinischer Sicht.

Und doch war es das letzte Mal. Er starb zwei Jahre später. Aber wir Sterblichen können im Leben dem magischen Denken nicht entsagen, und für mich war seine Beerdigung unsere wahre letzte Begegnung, es war auch die einfachste.

Ich fuhr mit meiner Lebensgefährtin, meinem Sohn, meiner Mutter und meiner Tante und mit Guy dorthin. Meine Halbschwester weinte, ihre Kinder hielten ohne eine Träne im Auge ihre Hand: Sie hatten ihren Großvater nur sehr selten zu Gesicht bekommen. Svetlana war nicht da.

Auf dem Friedhof hielt ich mich ein wenig entfernt von der kleinen Ansammlung von Freunden, als mein Blick auf einen älteren Mann fiel, der mich beobachtete. Er tat einen Schritt auf mich zu.

– Sie sind Serges Sohn, nicht wahr?

Ich nickte.

– Sie halten sich wie er, wissen Sie? Der Habitus, nicht wahr?

– Nein, davon weiß ich nichts. Ich habe ihn nicht sehr gut gekannt.

– Wie schade! Auf jeden Fall mein Beileid.

Der Mann entfernte sich, eine Dame trat heran.

– Sie sind doch Serges Sohn, nicht wahr?

– Ja.

– Sie halten sich sehr gerade, genauso wie er. Sie haben die gleiche Silhouette.

– Ach ja? Ich weiß nicht, wir haben uns nie gesehen.

– Es ist sehr traurig für einen Vater, seinen Sohn nicht zu sehen!

Ich lächelte, fühlte mich irgendwie entwaffnet. Eine dritte Person kam auf mich zu. Um alles Weitere zu unterbinden, tat ich so, als beantwortete ich einen Anruf auf meinem Handy und entfernte mich ein wenig. Ich frage mich, ob Serge sein Mobiltelefon genauso hielt wie ich.

In der Tasche hatte ich diesen Scherenschnitt, der vierzig Jahre zuvor entstanden war, meine Silhouette, genau. Ich hatte ihn mit einer weißen Rose in sein Grab werfen wollen. Und abermals habe ich ihn behalten.

VIII

GUY

»Er ist ein Bursche ohne kollektive
Bedeutung, er ist gerade mal ein Individuum.«
Louis-Ferdinand Céline, *L'Église*

Ich weiß nicht, wie ich über Guy sprechen soll. Ganz zu Anfang habe ich ihn »Papa Guy« genannt, dann einfach »Papa« – drei Silben, das war zu viel, um Zuneigung auszudrücken oder einfach dem alltäglichen Gebrauch zu genügen. »Papa« war nicht nur praktisch, sondern legitim, denn der einzige genetisch attestierte »Papa Serge« hatte sich auf die Liste der permanent Abwesenden gesetzt und konnte wohl kaum diesen Titel beanspruchen. Ich erinnere mich nicht, während eines Streits jemals das Argument benutzt zu haben, Guy sei »nicht mein Vater«. Dies wäre mir umso ungerechter erschienen, als ich ja auch die Autorität eines Vaters zurückgewiesen hätte.

Die Umstände, die zu seinem Eintritt ins Leben meiner Mutter geführt haben, kenne ich nicht, und, offen gestanden, war ich auch niemals neugierig darauf, sie zu erfahren. Kinder, so sagt man, fragen ihre Eltern gerne aus. Sag mal, Papa, wie hast du Mama kennengelernt? Das hat mich nie interessiert. Vielleicht war diese Gleichgültigkeit nur meine Art, mich zu widersetzen. Da ja mein Erzeuger Goupil freiwillig im Verborgenen blieb und ich nie wirklich zur aristokratischen Dynastie der Le Tellier gehören würde, hätte der Traum von einer Genese nicht einmal ein embryonaler Lösungsansatz sein können.

Guy war Einzelkind und letzter Spross vom Zweig einer niedergegangenen Adelsfamilie; von seiner Mutter war er umsorgt und vergöttert worden, im Studium hatte er durchgängig versagt und er konnte kein einziges Diplom vorweisen, als er meine soeben geschiedene Mutter kennenlernte. Wie es ihm gelungen ist, sie zu verführen, bleibt ein Mysterium für mich. Zweifellos profitierte er von einer günstigen Startposition, als der Trennungsschmerz bei ihr Raum für die Lust auf eine Revanche ließ, an Serge auf jeden Fall und vielleicht auch an allen Männern. Diese neue Verbindung war ihre erste Form der Rache.

Eines ist sicher: meine Mutter nahm Guy an die Hand. In England, wo er sich zu ihr gesellte, verbesserte er sein sehr verbesserungswürdiges Englisch, und sie drängte ihn dazu, sein Studium wieder aufzunehmen. Der ehemals mittelmäßige Student schaffte nicht ohne Mühe ein Lizenziat und wurde Englischlehrer, zunächst für die Unter- und Mittelstufe. Sein Englisch, sowohl Aussprache als auch Vokabular, hatte die Tendenz, sich im Laufe der Unterrichtsjahre zu versteinern, aber im Zuge günstiger Bewertungen durch seine Vorgesetzten und der altersbedingten Beförderungen erklomm er nach und nach den Rang eines Oberstufenlehrers.

Meine Mutter übte eine absolute Autorität über ihn aus. Ganz offensichtlich fürchtete er ihre ebenso entsetzlichen wie unvorhersehbaren Zornesausbrüche, und er hatte jede Form von Widerstand aufgegeben. Sie traf alle Entscheidungen, und ihr Einfluss auf ihn war derart, dass sie ihm die Briefe vorschrieb, die er an seine Familie schickte. Er brauchte nur noch die Entwürfe abzuschreiben. Am Ende des Briefes schrieb meine Mutter sogar »Guy«, damit er nicht vergaß zu unterzeichnen.

Die Autorität. Niemals hat Guy sich gegen sie aufgelehnt. Sein Alltag bestand aus einer Anhäufung von Pflichten und Unterwerfungen, die nie infrage gestellt, ja sogar nie hinterfragt wurden. Er war Pfadfinder gewesen, sehr lange, ein simples Universum, in dem die Welt so war, wie sie war. *Pfadfinder* sein, so heißt es in einem Handbuch aus dem Jahre 1937, bedeutet *Dienen, Glauben, Gesetzestreue, Zusammenhalt aller Jungen, harte Arbeit.* Ein echtes Programm. Auf meine zu zahlreichen Warum-Fragen antwortete er vorzugsweise mit einem unterwürfigen »Das ist nun mal so« anstatt mit »Das weiß ich nicht«, was wenigstens die Suche nach einer Antwort eröffnet hätte.

Wenn die Welt in zwei geteilt ist – in die, welche glauben, dass die Erde sich um die Sonne dreht, und die anderen, in die, welche die Zwölftonmusik lieben, und die anderen, usw. –, gewiss, das ist eine arg vereinfachende Dichotomie, dann gehöre ich zu denen, die glauben, dass die Eltern Pflichten gegenüber ihren Kindern haben, und Guy gehörte zu denen, die denken, dass es, im Gegenteil, die Kinder sind, die Pflichten gegenüber ihren Eltern haben. Eine dieser Pflichten war, niemals auch nur das geringste Urteil über sie zu fällen. In dieser Hinsicht war ich ein übles Subjekt.

Wenn ich meine Mutter kritisierte, wetterte er sofort los und schrie empört:

– Aber wie kannst du es nur wagen, so über deine Mutter zu sprechen?

– Und wenn ich der Sohn von Adolf Hitler wäre, müsste ich dann auch stillschweigen?, konnte meine Antwort lauten.

Zugegeben, da ich immer schon gerne ein Argument auf die Spitze getrieben habe, um seine Tauglichkeit zu überprüfen, übertrat ich ziemlich schnell den Godwin-Punkt, diese *reductio ad hitlerum,* die es den Gegnern erlaubt, den Vertretern von Anti-Tabak-Kampagnen entgegenzuhalten: »Ach, dann sind Sie also einverstanden mit Hitler?«

– Du vergleichst deine Mutter mit Hitler?, empörte sich da mein Stiefvater, eine Reaktion, die ich vorhergesehen, und also erwünscht hatte.

Ich hätte es bei Weitem vorgezogen, wenn er mir erwidert hätte:

– Sag nichts Schlechtes über den Führer, mein Sohn.

Aber Ironie war nicht seine Stärke, und sein Zorn hatte nichts gemein mit überlegtem Antifaschismus. Er machte sich lediglich die nun mehr geläufige Ansicht zu eigen, wonach Hitler die Personifizierung des Bösen ist.

Die Unterwerfung unter die vorherrschende Meinung hatte ihr Gegenstück in einer kaum unterdrückten Gewalt, die ich als Kind ahnte und fürchtete. Er war ein Mann mit Regeln, unfähig, seine Gewohnheiten zu verwerfen, unfähig sogar, seine Meinung zu ändern, wenn er mit seinem Irrtum konfrontiert wurde. Es ist sehr schwierig, jemanden aufzuhalten, der unbeweglich ist. Der Ausdruck »psychorigid« hätte für ihn erfunden werden können.

Sein Alltag verlief im Rhythmus unabänderlicher Rituale.

Jeden Morgen stand Guy sehr früh und leise auf, um exakt zwanzig Minuten lang Gymnastik zu treiben. Diese eiserne Disziplin hatte ihm nicht den Körper eines Athleten verliehen. Seine Schultern hingen herab, trotz der Liegestütze, seine

Beine blieben mager, trotz der Scherenschläge beim Kraulen, und sein Oberkörper war runder statt breiter geworden. Danach duschte er, und schließlich rasierte er sich. Die Rasur dauerte zehn Minuten: Er trug einen sehr sorgfältig gepflegten Spitzbart im Stil der Dritten Republik. Als Instrument benutzte er einen Rasierapparat mit Sicherheitsklinge, austauschbar und zweiseitig geschärft, der aus seiner Jugendzeit stammte, ein Konzept, das 1895 von King Camp Gillette erfunden worden war und das Perec in sein *Ich erinnere mich* hätte einbauen können, so sehr war es bereits in den Sechzigerjahren aus der Mode gekommen. Es kam der Tag, an dem der Drogeriebesitzer ihn vorwarnte, dass die Produktion der Klingen wahrscheinlich bald eingestellt werde. Guys Bestellung reichte für ein Jahrhundert an Bartwuchs.

Später, als ich das Inventar seiner Sonderbarkeiten erstellte, verstand ich, dass er dem unterlag, was die Psychiatrie Zwangsstörungen nennt.

So trug Guy auch Krawatte. *A priori* – dies, um alle Krawattenträger unter den Lesern zu beruhigen – lässt sich daraus nichts ableiten. Umso weniger, als es sich um eine einfache Seidenkrawatte handelte, unauffällig, weder *slim*, was zu entspannt wirkte, noch gestrickt, was zu riskant war, denn er hätte nicht gewusst, wozu er sie hätte tragen können. Sie war fast immer unifarben, in dunklen Blautönen, aber es kam vor, dass ein feiner Streifen sie aufheiterte. Ich hatte ihm Krawatten in anderen Farben geschenkt oder mit fantasievollen Motiven, umsonst. Sie waren allesamt in einer Schublade verschwunden. Bestenfalls. Die anderen, etwa fünfzig, hingen an einem langen, doppelten Bügel in seinem Kleiderschrank, und ich wäre unfähig gewesen, sie voneinander zu unterscheiden.

Sein bevorzugter Krawattenknoten war ein einfacher Knoten. Es war weder der Windsor, der in seiner ausladenden Form den italienischen Kragen ziert, noch der halbe Windsor, der für die schmalen Krawatten erfunden wurde, noch der elegant gekreuzte Christensen, der nur schlecht zu einer dicken Seide passt, vom Onassis ganz zu schweigen, mit dem man sich bei einer Abendveranstaltung von den anderen ein wenig abheben kann, aber bei welcher Abendveranstaltung? Mein Stiefvater beherrschte höchstens einen doppelt gebundenen Prinz-Albert-Knoten, den er schon für wahnsinnig exzentrisch hielt.

Sein Oberkörper war zu gedrungen und sein Hals zu dünn, außerdem wählte er zu lange Krawatten. Zwar klemmte er das Ende in die Hose ein, aber es half nichts, stets rutschte es wieder heraus und baumelte dann unkontrolliert über seiner Gürtelschnalle hin und her.

Ich weiß nicht, woher sein Geschmack an diesem dekorativen Stoffband kam. Jedenfalls war es nicht unabdingbar für den Englischunterricht in der Oberstufe, eine Krawatte zu tragen. Ich denke mir, dass es ihm unbewusst darum ging, zwischen sich und seine Schüler eine unüberwindbare Maginot-Linie der Kleiderordnung zu ziehen. Es sei denn, in der englischen Übersetzung *tie*, was auch »Band«, »Anbindung« bedeutet, läge ein Schlüssel für die Analyse. Wie dem auch sei, er nahm sie auch zu Hause nicht ab, er lockerte nicht einmal den Kragen. Lange Zeit schrieb ich das der Müdigkeit zu. Dann kam das Rentenalter. Er blieb dabei. Jeden Morgen band er seinen Knoten, bei jedem Wetter, unter allen Umständen. Er trug sie ganz gleich, womit, unter einer Jacke, unter einem Pullover, einem Blouson, einem Anorak, und alles zusammen verlieh ihm die äußere Erscheinung eines Wachmanns in einer Wach- und Schließgesellschaft. Beim Wintersport – seine schwachen Knie hinderten ihn selbst am Skifahren, aber er nahm zuweilen meinen Sohn mit – trug er die Krawatte noch bis an den Fuß der Skipiste, und er war sogar in der Lage, in einem Berggasthof mit Krawatte ein Fondue zu essen. Ich habe das Foto. Sie abzulegen, um zu schlafen oder ein Bad zu nehmen, muss eine Zerreißprobe für ihn gewesen sein.

Sein Konformismus war so extrem, dass er an Originalität grenzte.

Ein weiterer Punkt: Guy eilte mit Weile.

Festina lente, so sagten in der Tat die Alten, und die Medici hatten das zu ihrem Leitspruch gemacht. Aber seine Langsamkeit konnte einen aus der Fassung bringen. Mir wurde sie immer dann bewusst, wenn sie meiner kindlichen Ungeduld entgegenstand, und diese Momente waren zahlreich. Die Abfahrt in die Ferien gehörte dazu. Der Flugpilot, der jedes Instrument im Cockpit checkt, könnte sich ein Beispiel an ihm nehmen: Guy überprüfte mindestens zweimal, ob die Fenster geschlossen und das Gas abgedreht waren und ob der Stromzähler mit der zweimaligen Umdrehung des Schraubenschlüssels ausgeschaltet war. Manchmal saßen wir endlich im Auto, als er erneut hochging, um ein letztes Mal zu prüfen, ob die Haustüre wirklich zugeschlossen war, und das dauerte so lange, dass ich den Verdacht hege, dass er die Gelegenheit nutzte, um erneut die Fenster, das Gas, den Stromzähler usw. zu überprüfen.

Es kam der Moment, in dem die Koffer ins Auto gepackt werden mussten. Der Kofferraum eines Autos ist ein Parallelepiped, und der des Citroën Ami 6 Kombi, den meine Eltern im Jahre 1965, kurz nachdem er auf den Markt gekommen war, erstanden hatten, bildete keine Ausnahme von der Regel. Die Zahl der zu verstauenden Koffer konnte man an einer Hand abzählen, das Beladen eines Kombis verlangt keine besondere Begabung, aber bei ihm konnte das eine halbe Stunde dauern.

Sicher hat sein Kindergärtner ihm, wenn es darum ging, im Kindergarten seine Bauklötze in die entsprechenden Fächer einzusortieren, mit einem Hauch von Ermüdung in der Stimme und während es schon bald dunkel wurde, gesagt: »Das ist sehr gut, Guy. Aber du wirst das morgen fertig machen.«

Wir fuhren also los, aber erst nachdem der Sitz auf den Millimeter genau justiert und die Rückspiegel neu ausgerichtet waren. Aus der Parklücke hinauszumanövrieren, dauerte bei ihm länger als bei anderen das Einparken. An der ersten Ampel verlangsamte er, obwohl es grün war, um zu vermeiden, dass sie auf Gelb umsprang, während er sie passierte. Und wenn die Ampel auf Grün schaltete, kam es nie vor, dass der nachfolgende Wagen nicht wenigstens einmal hupte.

Eine weitere Zwangsstörung, eine weitere klassische Phobie bestand darin, dass Guy permanent putzte. Unaufhörlich wischte er mit dem Schwamm, polierte, schrubbte er. Die Küche blinkte wie am Tag ihrer Einweihung. Als Jugendlicher hatte ich mich mit dieser letzteren Verhaltensstörung abgefunden und sie mit Abstand betrachtet, ja sogar zuweilen eine Art Spiel daraus gemacht. Manchmal legte ich eine Brotkrume auf den polierten Marmor der Arbeitsfläche, um ihre Überlebensdauer zu messen. Nach nur wenigen Sekunden war sie entdeckt. Eine Zeit lang war das eine Ablenkung.

Da waren auch die Medikamente. Jeder hat einen Arzneikasten; Guy hingegen hatte einen ganzen Schrank nur für Arznei. Eine Frage der Größenordnung. Ich leugne nicht, dass er womöglich Herzprobleme hatte, aber seine Hypochondrie flößte Respekt ein, so sehr, dass ich manchmal denke, dass sein dreifacher Bypass und der Herzschrittmacher vor allem dem Vorsorgeprinzip Rechnung trugen. Er behandelte einen unbedeutenden Cholesterinspiegel, eine harmlose Diabetes, ein

Herzrasen, das vor nunmehr zehn Jahren einmal aufgetreten war, und stopfte sich bei der kleinsten Koryza mit Antibiotika voll. Die Kapseln und Tabletten lagen aufgereiht zu Beginn und am Ende jedes Essens auf dem Tisch, und das schönste Geschenk, das ich ihm je gemacht habe, war eine Pillendose. Als er im Alter von sechzig Jahren reich wurde, konnte er hemmungslos seiner Leidenschaft für Ärztetermine frönen. Eines Tages, als ich unter Kurzatmigkeit litt und mich ängstigte, machte ich auf seinen Rat hin einen Termin bei einem Kardiologen, einer »Koryphäe«. In dessen Wartezimmer, in dem ich allein war, hätte man einen Ball organisieren können, und ich glaube, das Dings an der Wand war ein Bram van Velde. Der Kardiologe untersuchte mich, erstellte ein Elektrokardiogramm, schloss auf ein wenig Stress und riet mir, mehr zu Fuß zu gehen. Er bat mich, meinen Stiefvater zu grüßen und ihn an den Termin am Freitag zu erinnern, denn sie sahen sich zweimal pro Monat. Dann verkündete er mir sein Honorar: fünf Tage Mindestlohn. Ich überspielte meine Sprachlosigkeit mit Würde und bezahlte. Er wollte mich erneut einbestellen, für weitere Untersuchungen. Ich bedankte mich für seine Fürsorge, sagte aber, ich würde ihn wieder anrufen. Ich habe bis zum heutigen Tage überlebt.

Aber ich will Guy keine Vorwürfe machen. Er war so. Das ist alles.

*

* *

Ich korrigiere: Auch wenn er so war, so war er doch nicht immer so gewesen. Seine Kindheit war fröhlich, seine Jugend turbulent. Noch immer erzählte er gerne von seinen Jahren als Faulpelz im sehr bürgerlichen Lycée Janson-de-Sailly, von seinen Erinnerungen an lärmende Umzüge und allerlei Tohuwabohu, auch wenn seine schlimmsten Pennälerstreiche nicht über Klingelmäuschen spielen hinausgingen. Er erzählte sogar aller Wahrscheinlichkeit zum Trotz, er sei eine kurze Zeit lang ein »sozialistischer Student« gewesen. In den Fünfzigerjahren war er zudem Aufseher im Lycée Claude-Bernard gewesen, und ich entdeckte, als ich die Biografie von Georges Perec las, dass mein zukünftiger Stiefvater zwangsläufig den künftigen Autor und Oulipoten beaufsichtigt haben musste. Aber der Name Georges Perec sagte ihm gar nichts, weder der ehemalige Schüler noch der Schriftsteller.

Per Zufall war er im Laufe der letzten Jahre einem Klassenkameraden aus dem Lycée Janson wiederbegegnet, den er aus den Augen verloren hatte: André Val. André war hochgewachsen, schlank, seine Stimme war tief und seltsam singend. Er hatte eine sehr katholische und sehr reaktionäre Frau geheiratet, deren alleinige Schüchternheit die Gäste vor ihrer Dummheit verschonte. Guy und André sahen sich selten, aber an Andrés herrischem und oft ironischem Tonfall erkannte man jedes Mal, dass er vor allem der größere und stärkere Junge gewesen war, der Guy früher gequält hatte, und sich nun spontan wieder in dieser Rolle des Folterknechts einfand. Es machte ihm Freude, ihn an die zahlreichen Demütigungen von früher zu erinnern und neue zu erfinden, die dem reiferen Alter angemessener waren, und Guy unterwarf sich. Es schmerzte mich, dass mein Stiefvater, die perfekte Illustration des Stockholm-Syndroms, Andrés Gesellschaft schätzte.

Eines Tages hatte André das Gespräch auf das Thema Sex gebracht, und als Guy sich erkühnte, ihm auf dieses Terrain zu folgen, tönte André lauthals:

– Sag mir nicht, dass du noch einen hochkriegst! Marceline, wir wollen Beweise. Beweise!

Guy hatte spontan keine Entgegnung gefunden – wo doch ein feines »Na, frag doch deine Frau, du Schlaumeier« genügt hätte. Und meine Mutter hatte, von Verlegenheit überwältigt, gelacht, bevor sie von einem noch peinlicheren Lachkrampf geschüttelt wurde.

Aber schließlich hatte Guy schon bei seinem ersten Rendezvous mit meiner Mutter eine Demütigung erfahren, und zwar eine schokoladige. Er hatte ihr eine Schachtel gefüllter Pralinen in Form von Herzen geschenkt. Auch die Schachtel war herzförmig. Das war zu viel der Gefühle: Sie hatte das »völlig lächerlich« gefunden, hatte alles auf den Boden geschleudert und schließlich zertrampelt. »Und hier ist mein Herz, das nur für Sie schlägt«, schrieb Verlaine. Meine Mutter zerriss es mit ihren beiden weißen Füßen.

Ich kann mir Guy vor der Zeit mit meiner Mutter nicht vorstellen. Jedenfalls war da etwas erloschen. Chamfort sagt, dass es besser sei, weniger zu sein, aber zu sein, was man ist. Oft habe ich gedacht, dass Guy weder mehr sein wollte noch er selbst sein konnte. Das war kein Scheitern. Er war von keinerlei Ambition beseelt, nicht mal von der zu leben.

Ganz sicher haben die beiden glückliche Jahre verlebt, Jahre gar, wagen wir das Wort, der Liebe, aber ich habe dafür keinerlei Nachweis: Ich habe nie gesehen, dass meine Mutter ihm auch nur die geringste Zuneigung bezeugt hätte, nicht einmal eine zärtliche Geste hatte sie für ihn übrig. Und manchmal sprudelte aus ihr eine tief sitzende Quelle der Grausamkeit.

Sie waren für ein verlängertes Wochenende in Deauville. Guy musste mit dem Zug zurück nach Paris, um sich untersuchen zu lassen, und sie begleitete ihn zum Bahnhof. Eine Scheibe Wurst, fettig und dünn, war aus einem Sandwich entwichen und wartete auf ihr Opfer. Guy trat schwungvoll mit dem Absatz darauf und segelte durch die Halle wie sonst nur Kapitän Haddock in Moulinsart. Er stürzte schwer. Von allen Seiten um ihn herum eilten besorgte Helfer heran, aber meine Mutter musste sich vor Lachen hinsetzen, während sie zwischen zwei Hicksern ständig wiederholte: »Tut mir leid, Guy, aber ehrlich! Man muss schon dämlich sein!« Er stieg trotzdem in seinen Zug, mit Würde und einem Riss im Steißbein und einer sich später herausstellenden tüchtigen Verstauchung. Jahre später erzählte sie noch immer diese Szene, während Guy, so verlegen er war, beschlossen hatte, darüber hinwegzulächeln.

Die letzte Erinnerung, die mir von den beiden als Paar bleibt, bevor er ins Krankenhaus kam, das er dann nicht mehr verlassen sollte, ist ein Kurzbesuch auf dem Land. Ich war zu ihnen gefahren, weil ich befürchtete, dass sie sich anlässlich einer Art von Inventar, das sie in der Scheune zusammen mit dem Gärtner und seiner Frau erstellten, welche beide das Haus hüteten, von meinen eigenen Möbeln trennen würden.

Da gab es ein altes Möbel mit Radio und Plattenspieler der Marke Pathé-Marconi, von innen beleuchtet, mit silbernen Glimmerkondensatoren. Das Gerät stammte aus der Zeit des Swing und des Cha-Cha-Cha, aber es funktionierte noch, man musste nur den Röhren genügend Zeit zum Aufheizen lassen.

– Das haben mir meine Eltern zum zwanzigsten Geburtstag geschenkt, sagte Guy.

Er wirkte gerührt und seufzte:

– Tja, das weckt Erinnerungen.

Das war zu viel für meine Mutter, die voller Wut und Verachtung losschrie:

– Erinnerungen, Erinnerungen! Also nein! Die werd' ich dir schon besorgen, Erinnerungen!

Angesichts dieses Ausbruchs, der in keiner Weise vorhersehbar war, schreckte sogar der phlegmatische Gärtner hoch, und Guy sah sie fassungslos an.

– Los, raus damit, raus damit!, wiederholte meine Mutter.

Mein Stiefvater hätte diesen Plattenspieler nicht vor der Müllabfuhr und der Zerstörung retten können. Mir, der ich mein Interesse bekundete und lange darum kämpfen musste, verdankt er seine Rettung.

Unter dem Markenzeichen »Pathé-Marconi« steht geschrieben: »Die Stimme seines Herrn.«

Ich vermache ihn dem, der ihn haben möchte.

IX

DAS HAUS LE TELLIER

»Krieg den Palästen! Friede den Hütten!«
Dekret des Nationalkonvents vom 15. Dezember 1792

Der aristokratischen Legende der Familie meines Stiefvaters zufolge stammten die Le Tellier in direkter Linie von Wilhelm dem Eroberer ab. Die Vorstellung, dass die Königin von England in gewisser Weise ihre Vasallin sein könnte, erfüllte meine Mutter mit einer geradezu aberwitzigen Heiterkeit, die mir schon als Kind unangenehm war.

Damit Elisabeth II. in den Genuss des Privilegs geriete, vor meiner Mutter niederzuknien, hätte Letztere erst einmal selbst in den Rang einer »Le Tellier« erhoben werden müssen, eine nur potenzielle Beförderung, die sicherlich sehr schwer wog bei der Wahl dieses eher konturlosen Gatten. Aber in dieser aristokratischen Familie galt sie aufgrund ihres Status einer geschiedenen Frau mit Kind nur als unschicklicher Anhang. Meine Mutter ist mithin niemals akzeptiert worden, und ihrem Sprössling erging es kaum besser.

Am Rande bemerkt: Die Le Tellier stammten in Wahrheit von einem geschickten Bürger ab, der wohl Normanne war, Michel Le Tellier. Ludwig XIII. machte ihn zum Staatssekretär, und Ludwig XIV. erhob ihn zum Marquis de Barbezieux und Grundherrn von Chaville, Étang und Viroflay. Vor allem hatte der Sonnenkönig den Sohn François Michel zum Staatssekretär des Kriegsministeriums berufen und ihm den Titel eines Marquis de Louvois verliehen, nachdem er ihm das gleichnamige Schloss zur Hochzeit geschenkt hatte. Das Wappen war recht elegant, azurblau mit drei silbernen Eidechsen als Schildpfahl und darüber drei goldenen Sternen.

Leider ist Louvois vor allem deswegen bekannt, weil er 1685 den Widerruf des Edikts von Nantes unterzeichnete, nachdem er zuvor mittels seiner Dragonaden Zwangskonversionen hatte durchführen lassen. Der Kirche zuliebe bereitete Ludwig XIV. in jenem Jahr dem Schiedswesen des Staates ein Ende, ließ Juden, Hugenotten und Jansenisten verfolgen und trieb sie massenhaft ins Exil. Für Frankreich war dies ein entsetzlicher Rückschlag, der schlimmste wirtschaftliche, intellektuelle und soziale Aderlass.

Mit Bestürzung entdeckte ich als Jugendlicher meinen Familiennamen in Victor Hugos *Elenden*, dieser Verteidigung der Brutalitäten der Revolution gegen die Barbarei des Ancien Régime. Hugo ließ die sanfte, feste Stimme des sterbenden G., eines Mitglieds des Konvents, sagen: »Der alte Duchène ist grausam, aber welches Epitheton gestehen Sie mir für den alten Letellier zu? Der Kopfabschneider Jourdan ist ein Monstrum, aber kein so großes wie der Marquis de Louvois. Ja, Monsieur, ich bedauere Marie-Antoinette, die Erzherzogin und Königin, aber ich bedauere auch diese arme Hugenottenfrau, die, Monsieur, 1685, unter dem Großen Ludwig, ihr Kind stillen wollte, gefesselt und bis auf den Gürtelbund entkleidet wurde, und der die Brust vor Milch und das Herz vor Angst anschwoll. Der Kleine, blass und hungernd, sah diese Brust, war dem Tode nah und schrie, und der Henker sagte zu der Frau, Mutter und Amme: »Schwöre ab!« und ließ ihr die Wahl zwischen dem Tod ihres Kindes und dem Tod ihres Gewissens. Was sagen Sie zu diesen auf eine Mutter abgestimmten Tantalusqualen?«

Diese Lektüre relativierte für mich allen Stolz darauf, diesen Namen zu tragen.

Ende der Randbemerkung.

Wenn ich Guy »Papa« nannte, so kann ich mich nicht daran erinnern, seinen Vater mit »Großvater«, »Opa« oder »Opi« angeredet zu haben, und ich bin sicher, dass ich niemals wusste, mit welchen Wörtern ich mich an seine Mutter wenden sollte. Sie hegte mir gegenüber keinerlei Animositäten, aber ich spürte, dass es vollkommen aberwitzig gewesen wäre, ihr gegenüber das Wort »Oma« auszusprechen und dass sie darüber vor Schreck erschauert wäre. Ich umging das Problem wahrscheinlich auf meine Weise, wenn wir zu Besuch bei ihr waren. Sie nannten mich Hervé, das war sehr viel einfacher.

Es war die mütterliche Linie in der Familie meines Stiefvaters, es waren die Sainte-Lucie, die meiner Mutter die größte Ablehnung entgegenbrachten. »Auslaufmodelle«, konterte meine Mutter, weniger aus Verachtung denn aus Eifersucht. Wenn man diesen Zweig aber aufmerksamer betrachtete, lagen die Dinge etwas komplizierter.

Die Sainte-Lucie waren vor allem drei Töchter, alle im Abstand von einem Jahr geboren: Simone, Yvette und Odette. Yvette war die Mutter meines Stiefvaters, Simone, die Ältere, seine Patentante, »Tante Mone«, Odette war die Jüngste. Die Altersunterschiede stachen mir nicht ins Auge.

Meine Mutter hasste Tante Mone.

– Die glaubt wohl, sie pinkelt Parfüm.

Wahrscheinlich lag sie nicht ganz falsch, aber ich verfügte über keinerlei Quellen oder gegenteilige Analysen. Wie auch immer, ich war schließlich dazu übergegangen, in dieser Frau eine Art Fee zu sehen, die sowohl hochnäsig als auch böse war. Simone hatte nie geheiratet – »Wer will die schon haben?«, spottete meine Mutter –, arbeitete in einem Rathaus an verantwortlicher Stelle – »An die Stelle ist sie mit Beziehungen gekommen« –, war in der Résistance gewesen – »Ah geh, dafür hat noch niemand einen Beweis gesehen!« Jedenfalls zeigte sich Tante Mone ab den Siebzigerjahren voller Stolz mit der Rosette der Ehrenlegion am Revers, eine Auszeichnung, die in der Tat reichlich spät gekommen war für jemanden, der aktiv in irgendeinem Widerstandsnetz tätig gewesen sein wollte. Aber ich bin kein Spezialist für diese Dinge.

Odette, die Jüngere, hatte einen Odet geheiratet, was man als Ausweis für einen Mangel an Originalität hätte nehmen können, wäre dieser Mann nicht von vollkommen schwarzer Hautfarbe gewesen. Somit hatte ich also einen Großonkel, Onk'Odet, mit pechschwarzem Teint, einem knochigen Körper und einem schönen, faltigen Gesicht, der stets »wie aus dem Ei gepellt« aussah, wie meine Mutter zu sagen pflegte. Er kam aus Guadeloupe, ohne indes ein Mestize zu sein, war ein in Paris zugelassener, weithin bekannter und von seinesgleichen geschätzter Anwalt und hatte in den Dreißigerjahren um Odettes Hand angehalten. Man hatte sie ihm, ohne zu zögern, gewährt, und niemals hat auch nur eine der Sainte-Lucie Vorbehalte gegenüber der Aufnahme eines Schwarzen in die Familie geltend gemacht. Unter Gelächter erzählte er oft, wie er in der Hochzeitsnacht mit seinem nassen, in alle Richtungen abstehenden, endlich von der erdrückenden Haube aus Gel befreiten Kraushaar aus der Dusche gekommen war und sich seine junge Frau bei diesem Anblick fürchterlich erschreckt hatte und ihr bei dieser Gelegenheit zu Bewusstsein gekommen war, dass sie einen Massai-Krieger geheiratet hatte.

Onk'Odet behauptete sogar, das Leben durchlaufen zu haben, ohne je dem Rassismus wirklich begegnet zu sein. Mir fiel es schwer, dieser Behauptung Glauben zu schenken, bis zu jenem Tag, da er, inzwischen achtzigjährig, vollkommen bestürzt aus einem Café an der Place de l'Opéra nach Hause kam. Während er auf der Terrasse seinen Kaffee trank, hatte ihn ein »Gauner« als »Neger« angequatscht. Er hatte den Mann mit seinem Altherren-Spazierstock geschlagen, ihn in die Flucht gejagt, war vor Empörung zitternd aufs Trottoir gesprungen und hatte dort ein langes Plädoyer für Frankreich und dessen republikanische Werte gehalten. Die Menge, so erzählte er mit bebender Stimme und nicht ohne ein wenig Stolz, habe ihm applaudiert. Das war, alles in allem, nicht unmöglich.

Und doch machte ihm die Négritude zu schaffen. Er hatte lange Jahre über das Leben des Chevalier de Saint-Georges geforscht. Dieses war in der Tat außergewöhnlich: Der als Sohn einer schwarzen Sklavin und eines Kolonisten um 1745 geborene Joseph Bologne, Chevalier de Saint-Georges war in sehr jungen Jahren nach Bordeaux gekommen, hatte dort, wiewohl Mestize, als Heranwachsender das Leben eines jungen Aristokraten geführt und dann die doppelte Laufbahn eines Geigenvirtuosen und herausragenden Fechters eingeschlagen: Ein Gemälde von Alexandre-Auguste Robineau zeigt ihn in Carlton House vor einem erlauchten Publikum englischer Aristokraten bei einem freundschaftlichen Assaut gegen den Chevalier d'Éon. Mehr noch: Lange Zeit protegiert von den Orléans hatte Saint-Georges sich der Revolution angeschlossen, gegen die Sklaverei gekämpft und die »Légion franche des Américains« gegründet, eine Brigade von Farbigen, die sich an der Seite der jungen Republik engagierte, bevor letztere ihn ob ihres fatalen Versandens unter Napoleon enttäuschte. Er war eine Persönlichkeit mit einem außergewöhnlichen Schicksal, ein kosmopolitischer Abenteurer, der einen Mann wie Odet nur faszinieren konnte.

Onk'Odet bezeugte mir gegenüber eine wirkliche Zuneigung, und wenn er mich auf einen Spaziergang mitnahm, häufig in den Zoo von Vincennes, dann war ich stolz, neben diesem so schwarzen und so eleganten Mann zu gehen, dessen größter Spaß darin bestand, wenn wir in einem Bistro haltmachten, dem Kellner zuzurufen:

– Herr Ober, einen kleinen Schwarzen für mich und eine Schokolade für meinen Großneffen.

Ich war fünfundzwanzig Jahre alt, als er mir sein letztes Buch schenkte, einen kleinen Band, der bei einem so unbekannten Verleger erschienen war, dass er wohl auf Kosten des Autors gedruckt worden war. Ich hatte ein wenig Mühe, das Werk zu Ende zu lesen: Er beschwört darin mit einer gewissen Treuherzigkeit seine Kindheit herauf, sein Familien- und Berufsleben, und im Titel stand, dessen bin ich mir sicher, das Wort »Humanismus«.

Mein Stiefvater liebte ihn, und wenn ich nach Gründen suchte, so etwas wie Achtung für Guy zu empfinden, ihn gar zu mögen, dann fand ich sie in dieser aufrichtigen Zuneigung.

An Yvette, die mein Stiefvater »Mamour« nannte, sind mir nur wenige Erinnerungen geblieben. Sie war eine zurückgezogene Hausfrau, fast schon unsichtbar und von absoluter Diskretion. Aber überhörbar war sie keineswegs. Die seltenen Sonntage, an denen wir auf Besuch kamen, beendete sie nicht selten damit, dass sie sich im Wohnzimmer an den Flügel lehnte und mit ihrer Schwester Odette das »Blumenduett« aus der Oper *Lakmé* sang, während ihr Sohn sie am Klavier begleitete.

Unter laub'gem Dach, wo Jasmin in Pracht
Bei der Rose erscheinet,
Wo das Ufer blüht und dem Morgen lacht,
Lass uns eilen vereinet.

Es war, wie ich im Abstand der Jahre mit Gewissheit behaupten darf, ein Massaker. Ich hatte damals schon meine Zweifel, aber ich verfügte über zu wenige Vergleichsgrößen. Sie waren ebenfalls in der Lage, die *Barcarole* zum Besten zu geben, und da wäge ich noch meine Worte, ein anderes Duett für Sopranstimmen, aus *Hoffmanns Erzählungen* von Jacques Offenbach, »Schöne Nacht, du Liebesnacht«.

Guys Vater Frédéric wohnte diesen Darbietungen eher phlegmatisch bei und schlürfte ein wenig abseits seinen Cognac. Er war ein schlanker und sehr großer Mann, so groß übrigens, dass er sich bald schon krümmte. Sein Sohn ähnelte ihm in keinerlei Hinsicht, und ich hätte nicht eine Kopeke auf die Ergebnisse eines DNA-Tests gewettet. Er schien überall auf Besuch, selbst und vielleicht vor allem bei sich zu Hause. Sein ganzes Leben lang hatte er eine Mätresse, die er unterbrachte und aushielt und die er so wenig geheim hielt, dass ich glaube, seit jeher ihren Vornamen gekannt zu haben: Hélène. Oft erhob er sich am Ende dieser langweiligen Sonntagmittagessen vom Tisch, griff nach einer Zigarre und sagte ganz einfach: »Gut.« Dann verließ er, da das Amen nun gesagt war, mit einem nur andeutungsweisen »Wiedersehen« die Wohnung, indem er sich mit einer einfachen Handbewegung verabschiedete. Die Unterhaltung wurde, animiert von Patentante Mone, der Hohepriesterin in Sachen Aufrechterhaltung des Scheins, wieder aufgenommen.

Frédéric hatte einen Bruder, dessen Vorname definitiv hinter dem wenig distinktiven »Onkel« verschwunden war, aber ich glaube, er hieß Stéphane. Stéphane hatte nie geheiratet, er hat immer mit seinem Bruder zusammengelebt. Schlank, klein und fast schon schmächtig wie er war, hatte er Ähnlichkeit mit dem Stan aus den Laurel und Hardy-Filmen: Er war ein diskreter Mann, dem sich keinerlei weibliche Liaison nachsagen ließ. Folglich gab es Gerüchte, die ihm ein anderes, geheimes Leben unterstellten, eines mit Männern. Aber nichts hat jemals diese Hypothese bestätigen können. Er war ebenso sehr Ingenieur wie Erfinder und hatte für meinen Stiefvater eine unglaubliche, großformatige elektrische Eisenbahn hergestellt, bei der man die Dächer von den Waggons abnehmen konnte, um darunter Sitzbänke mit lauter kleinen Figuren zu entdecken. Die Lokomotive war im Maßstab 1:20 die exakte Nachbildung einer Pacific 230 G aus den Zwanzigerjahren. Die Miniaturschienen aus Gusseisen waren kunstvoll auf Schwellen aus Eichenholz genagelt. Ich hätte mir gewünscht, dass dieses Wunderwerk bei meinen Eltern aufgestellt worden wäre, aber meine Mutter zog es vor, Marquisen aus Meißner Porzellan, bronzene Pferdchen und Elfenbeinbuddhas in ihre Vitrinen zu stellen.

Als ich zwanzig wurde, übergab mir Onk'Odet die Schlüssel seines beigen Peugeot 403, Baujahr 1955, den er wegen seines Alters nicht mehr selbst fahren wollte. Sowohl Motor als auch Karosserie waren in einem blendenden Zustand, und ich reiste damit ohne Servolenkung und Probleme durch ganz Italien. Ich hätte den Wagen gerne behalten, aber meine Mutter weigerte sich kategorisch, dieses »Alteisen« in der Remise unseres Landhauses unterzubringen. Wenig später ließ sie die Remise gar abreißen. Ich musste mich also damit abfinden, ihn zu verkaufen.

Frédéric und Stéphane leiteten eine Firma für Füllfederhalter. Wie sie hieß, wusste ich nicht. Sie stellten für andere Füllfederhalter von nur mäßiger Qualität her. Guys Vater kümmerte sich um Finanzen und Verkauf, sein Bruder um Technik und Entwicklung.

Als Kind erlebte ich noch den Niedergang des Geschäfts. Da war zunächst das Drama vom September 1965, als elf Millionen Schüler nach den Sommerferien wieder antraten und erstmals das Recht hatten, Kugelschreiber zu benutzen. Der Baron Marcel Bich und sein revolutionärer Bic Cristal sorgten für ein Gemetzel: Das Logo der Marke war ein kleiner orangefarbener Schüler mit einer Kugel als Kopf und einem Stift auf dem Rücken.

»Bic m'a tuer«, hätte *Libération* titeln können, Bic hat mir getötet.*

Aber der Untergang des Hauses Le Tellier war in Wahrheit ein langer Todeskampf. Jede Generation ihrer Füller erlebte einen noch härteren Wettbewerb als die jeweils vorangegangene. Die Diagnose ihrer Pleite ist einfach: Da ist zunächst die allzu kostenaufwendige Herstellung in zu kleiner Stückzahl in der Pariser Werkstatt an der Rue de la Folie-Méricourt. So-

---

* Anspielung auf einen berühmten französischen Kriminalfall aus dem Jahre 1991. Das sterbende Opfer hatte mit dem eigenen Blut den Satz »Omar m'a tuer« (Omar hat mich getötet) an die Wand geschrieben. Der Satz ist u. a. aufgrund seines – schwer übersetzbaren – Grammatikfehlers (Gebrauch des Infinitivs *tuer* statt der korrekt flektierten Form *tuée*) sprichwörtlich und von der frz. Presse seither immer wieder verwendet worden. Anm. d. Ü.

dann der wachsende technische Rückstand auf die Konkurrenz infolge strategischer Irrtümer – ich erinnere mich noch an die sarkastischen Bemerkungen über den Blödsinn der Tintenpatronen, wo doch die Kolbenpumpe aus Gummi so praktisch war. Dazu ein langweiliges, geradezu inexistentes Design, was, selbst für jene Zeit, erstaunlich ist. Und schließlich war die kommerzielle Positionierung in einem Umfeld anspruchsvoller Marken unhaltbar – ach ja, dieser kuriose Stolz darauf, eine goldene Feder auf ein langes Röhrchen aus braunem Bakelit gepflanzt zu haben. Die Sheaffer, Pelikan, Parker, Waterman und wie sie alle heißen, sie haben alle überlebt und blieben im hochwertigen Segment unerreichbar.

Von ihrer Fabrik ist nichts geblieben: Gibt man meinen Familiennamen und dazu die Wörter »Füller« und »Federhalter« in eine Suchmaschine, erhält man keinerlei Ergebnis, das mit ihnen zu tun hätte.

Das Schloss in Chaville war längst schon verkauft, genauso wie die Wälder und Ländereien. Guy bewahrte andächtig Zeitungsausschnitte, Kaufverträge und andere Zeugnisse eines vergangenen Reichtums auf, die vor allem die schreiende Inkompetenz einer ganzen Ahnenreihe von Müßiggängern belegten. Das Pariser Domizil gehörte ihnen nicht, und bald schon konnten die Le Tellier die Miete für die Wohnung nicht mehr zahlen. Einige ihrer »sehr alten« Möbel beendeten ihr Leben im Landhaus meiner Mutter, und die beiden Brüder, der eine inzwischen Witwer, der andere immer noch alleinstehend, fanden Aufnahme in einem wenig luxuriösen Altersheim, das sie sich mit ihrer Rente als Handwerksmeister kaum leisten konnten. Sie lebten dort mehr schlecht als recht in ihren Dreiteilern, die einst für sie nach Maß gefertigt worden waren und sich immer mehr abnutzten.

Ihr Niedergang und schließlich ihr Ruin wirkten auf meine Mutter aus dem gemeinen Volk wie eine Revanche.

– Na, siehst du, darauf bilden sie sich wohl weniger ein, hörte ich sie eines Tages zu meinem Stiefvater sagen, der nichts zu entgegnen wusste, war doch ihre Demütigung auch die seine.

X

DIE NACKTE WAHRHEIT

»Heute dieses Tagebuch begonnen:
Wie gespannt ich darauf bin, meine
allerersten Eindrücke zu verzeichnen.
Unangenehme.«
Raymond Queneau, *Geschlafen geweint*

Ich war zehn Monate alt, als meine Mutter nach England ging. Ich habe nicht die geringste Erinnerung daran, und wann immer ich meine Mutter über ihren Englandaufenthalt befragte, gab sie mir die Antwort:

– Das hat nur ein Jahr gedauert, sogar weniger.

Und fast automatisch fügte sie hinzu:

– Ich bin dich jedes Wochenende besuchen gekommen.

Lange Zeit reichte mir die Hypothese einer reisenden Mutter. Aber ich war ein vernünftelndes Kind, und die Sache schien mir kompliziert. Als ich eines Tages meine Mutter mit plötzlichem Erstaunen fragte: »Jedes Wochenende?«, erweiterte sie die Rechtfertigung durch einen überzeugenderen Zusatz:

– Oder deine Großmutter brachte dich.

– Mit der Fähre? Aber das dauert viel zu lang. Nur um nach ...

– Mit dem Flugzeug, unterbrach mich meine Mutter.

Mehr bekam ich nicht raus. Also mit dem Flugzeug.

Es war das Ende der Fünfzigerjahre. Der Flughafen in Roissy existierte noch nicht, der Tunnel war ein Traum halluzinierender Ingenieure, *Low-Cost*-Unternehmen waren noch nicht erfunden. Man musste ein Flugzeug ab Le Bourget nehmen, und es landete in Gatwick. Der Preis war unverschämt hoch, und eine wöchentliche Reise hätte das Budget einer Lehrerin aufgezehrt.

Sicherlich, mit etwas Beherztheit war eine andere Flugverbindung möglich, die billiger und schrecklich exotisch war. Man flog von dem kleinen Flughafen von Le Touquet im Pas-de-Calais ab und überquerte den Ärmelkanal in niedriger Flughöhe, um eine Viertelstunde später in Dover zu landen. Diese Verbindung wurde von der Gesellschaft Channel Air Bridge angeboten, in einem kuriosen kleinen Frachtflieger mit Propellerantrieb, der Bristol 170 Wayfarer. Die Flugmaschine war ebenso hässlich wie langsam, ebenso lärmig wie solide. Sie hatte eine große knollige Nase, die sich in der Mitte öffnete, um ein paar Fahrzeuge aufzunehmen, während etwa zwanzig Passagiere in eine unbequeme Kabine im hinteren Teil einstiegen. Sein Fahrwerk war fest; wozu soll ein einklappbares Fahrwerk gut sein bei einer so kurzen Entfernung? Kaum eingefahren, hätte man es schon wieder ausfahren müssen. Es war ein plumpes Flugzeug, äußerst rustikal, eine Art Walross aus Aluminium, mit Flügeln und einem Papageienschnabel. Ein nicht sehr mitleidiger Pilot hat es so definiert: »Vierzigtausend Nieten in gedrängtem Formationsflug«. Die ganze Wahrheit ist, es war ein Militärflugzeug. Die Royal Air Force hatte es Anfang der Vierzigerjahre in Auftrag gegeben, für die taktischen Belange der Landungsoffensive in der Normandie. Aber der Prototyp hatte seinen Einweihungsflug erst am 2. Dezember 1945 angetreten, und der noch ganz junge Frieden hatte zivile Verwendungen nötig gemacht: Eine davon war diese Luftbrücke zwischen England und dem Kontinent.

Dies einmal vorausgesetzt, und so abenteuerlich die Option Le Touquet auch war, dorthin zu kommen, glich 1960 einer Expedition. Die Autobahn A1 Paris-Lille war noch im Planungsstadium, die Nationalstraße 1 war mit Lastwagen verstopft, und einmal in Dover angekommen, dauerte die Fahrt nach London noch gut zwei Stunden. Also blieb die wöchentliche Hin- und Rückfahrt meiner Mutter in meinen Augen ein raum-zeitliches Wunder, eine Leistung, die dem »Beamen«, der Teleportation des guten Commander Spock im Raumschiff Enterprise gleichkam.

Ich unterzog meine Großmutter einer intensiven Befragung, und sie antwortete schließlich, weil sie es leid war, etwas zu Unwahrscheinliches zu verteidigen:

– Deine Mutter kam in den Ferien zurück.

Dieser Anfang meines Lebens liegt unter einer undurchsichtigen, unauflöslichen Nebelschicht verborgen, so zahlreich sind die Lügen. Eines ist sicher: Meine Mutter traf sehr rasch nach dem Fortgang meines Vaters denjenigen, der mein Stiefvater werden sollte. Über diese Begegnung lieferte sie zu viele Versionen, als dass eine von ihnen glaubhaft wäre. Tatsache ist, dass er zu ihr nach England kam. In Frankreich war er Schulaufseher, dann Volksschullehrer. In der Wallington School for Boys wurde er sofort befördert, er wurde Repetitor für Französisch, dann Lehrer. Sie heirateten in England im Oktober 1959, sobald die Scheidung meiner Mutter spruchreif war.

Ich glaubte lange, dass die England-Episode nur einige Monate gedauert habe, maximal ein Jahr, aber nach dem Tod meines Stiefvaters, beim Aufräumen von amtlichen Papieren, entdeckte ich, dass er und meine Mutter erst im März 1961 zurückgekommen waren, als ich bald schon vier Jahre alt war. Meine Mutter hat also meine ersten Schritte nicht erlebt, mein erstes Wort nicht gehört, und es war mein Großvater, der sie darüber aufklärte, dass ich lesen konnte. Während dieser ganzen Zeit besuchte ich sie immer nur sehr kurzzeitig. Da sie arbeiteten, verbrachte ich meine Tage oft im Kindergarten, einer Art Intensivsprachkurs, wo ich auf meine Kosten lernte, dass man für »Pipi« »wee-wee« sagte. Meine beinahe einzige Erinnerung an die frühe Kindheit in England ist eine Demütigung, gewürzt mit einem starken Uringeruch. Fügen wir der Vollständigkeit halber die eher bissigen grauen Schwäne auf einem kleinen künstlichen Teich hinzu, und die allzu süßlichen Ausdünstungen von schlechtem Kakao aus der sehr nahe gelegenen Schokoladenfabrik Rowntree's.

Ab dem fünften Lebensjahr wurden meine Aufenthalte länger. Meine Mutter und Guy unterrichteten weiterhin drei oder vier Monate pro Jahr in Croydon, aber nun begleitete ich sie. Jedes Mal besuchte ich dieselbe Grundschule für Jungen, die Wallington School for Boys. Zu jener Zeit regierten kleine perverse Tyrannen über die britischen Klassenzimmer, die in den Rang der Hüter von Ordnung und Disziplin befördert worden waren: die *school prefects*. Schwer zu sagen, ob der Ursprung ihres Sadismus in ihrem Amt lag oder ob sie, im Gegenteil, dieser geistigen Verfasstheit ihre Auswahl verdankten. Derjenige, der meine Klasse drei Jahre lang »regierte«, hieß Andrew Peacock, was nebenbei gesagt »Pfau« bedeutet. Ich wurde sofort sein Prügelknabe, und er gab mich zum allgemeinen Abschuss frei. Zu seiner Entlastung sei gesagt, dass ich, als Franzose, zwei Jahre jünger, ohne Freunde und mit der Aussicht, nicht in dieser Schule zu bleiben, die ideale Zielscheibe war. So wurde ich, bei komplizenhafter Gleichgültigkeit der Lehrer, in deren Augen die Aufrechterhaltung des gesellschaftlichen Friedens die Benennung eines Sündenbocks erforderte, der *french frog*, der »Debile«, der »Zurückgebliebene« – denn da ich zunächst sehr schlecht Englisch sprach, konnte ich lange nur zögerlich antworten. Die faschisierende englische Erziehung jener Jahre flößt mir noch heute eine tief sitzende Aversion ein, und nein, ich finde die Atmosphäre von Hogwarts in *Harry Potter* nicht sehr sympathisch.

Mit etwa sieben Jahren kam ich endgültig nach Paris zurück.

Wir zogen in eine kleine Wohnung in der Rue Duhesme. Wirklich klein: Betten, Tisch, Stühle, alles ließ sich ein- und ausklappen. Vor einigen Jahren sah ich, als ich an dem Gebäude vorbeiging, ein Schild mit der Aufschrift »Zu verkaufen« am Balkon hängen. Ich habe sie besichtigt: Die einander folgenden Besitzer hatten sie umgebaut, aber sie hatten sie nicht vergrößern können. Sie maß – streng nach der Loi Carrez gemessen – 28 Quadratmeter. Den – unverschämten – Preis verschweige ich.

Zu dieser Zeit begann meine Mutter einen Kampf, der Jahre dauerte: Ich sollte meinen Namen ändern. Sie hatte immer schon den Namen Goupil verabscheut und hatte sogar meinen Erzeuger zu der Zeit, da sie noch vereint waren, gebeten, ihn zu ändern. Nunmehr war es ihr ein wesentliches Anliegen, dass ich einen anderen trüge: Zuerst fiel ihre Wahl auf den Familiennamen ihres Vaters, Michel, aber diese Initiative musste scheitern. Bei meinem Eintritt ins Collège schrieb sie mich unter dem Namen Le Tellier ein und überzeugte die Schulverwaltung davon, dass ich mich nicht nur weigern würde, auf irgendeinen anderen Namen zu antworten, sondern auch, dass die Anrede »Goupil« bei dem verstörten Kind, das ich sei, eine Nervenkrise auslösen könne.

Daraufhin strengte sie ein gerichtliches Verfahren an. Sie schrieb für mich Dutzende von Briefen an den Staatsanwalt, Briefe, die ich jedes Mal abschreiben musste. In einem der Entwürfe aus ihrer Feder, den ich wiedergefunden habe, erklärte ich, dass mein Erzeuger mich »kurz nach meiner Geburt verlassen« habe, dass ich den Namen meines Stiefvaters tragen wolle, den ich im übrigen »Papa« nenne, der mich wenig später »aufgenommen« und mich sogar adoptiert habe. Dann unterzeichnete ich mit »Hervé Le Tellier, neun Jahre, Schüler der sechsten Klasse«.

Ungefähr im selben Alter erfuhr ich zufällig aus einer Unterhaltung der Erwachsenen, dass meine Mutter einige Jahre zuvor in der Schweiz abgetrieben hatte. Sobald sie merkten, dass das Kind, das gerade Lego spielte, den Kopf gewendet hatte, wurde es still. Meine Großmutter nahm mich sofort zur Seite und erklärte mir, es habe sich um einen »Unfall« gehandelt, dass meine Mutter damals kein weiteres Kind gewünscht habe. Aber meine Mutter wollte etwas redseliger sein und erklärte es mir gleich mehrmals: Sie habe es »für mich« getan. Guy hätte sich selbstverständlich »seinem« Kind zugeneigt und mich dann vernachlässigt oder mich gar nicht mehr gemocht. So verdankte ich ihr die Erkenntnis, dass ich verantwortlich war für den Tod eines kleinen Bruders oder einer kleinen Schwester, und auch, dass ich mich vor Papa in Acht nehmen musste.

Ich verstand jedoch schnell, dass es schwerfiel, die Erzählungen meiner Mutter auch nur im Geringsten für bare Münze zu nehmen. Nicht dass sie besonders gerne gelogen hätte, aber die

Wahrheit zu akzeptieren, war zu viel von ihr verlangt. So häufte sie die Lügen an, und zwang sie allen auf.

Großvater war seit Langem mit seinem jüngeren Bruder Émile zerstritten, ohne dass ich den Grund dafür gewusst hätte. Sie sahen sich nicht, sprachen nicht mehr miteinander. Mit sechzig erhängte sich der depressive, melancholische Émile. Meine Mutter erfuhr es als Erste und entschied, ihrem Vater dieses Drama zu verheimlichen. Ich erhielt, wie jeder in der Familie, Anweisung, nichts darüber zu sagen, auf keinen Fall: »Dein Großvater ist sehr krank, man darf mit ihm nicht darüber sprechen.« Mehrmals wollte ich dennoch den Grund für den Selbstmord erfahren. Ich erhielt keine Antwort außer Schulterzucken. Der Wahnsinn war Teil der Familie, und man musste ihn überspielen, wenn nötig unter einem Teppich des Schweigens verbergen.

Als Großvater starb, war sein Vater Joseph fünfundneunzig Jahre alt; er lebte noch in seinem kleinen Dienstbotenzimmer am Boulevard Ornano. Meine Mutter entschied, dem Greis den Tod seines ältesten Sohnes zu verheimlichen, genau wie sie es geschafft hatte, den Tod seines jüngsten Sohns vor ihm zu verbergen: Großvater war auf Reisen im Mittleren Osten, Émile hatte sich in Biarritz niedergelassen. Wenn er Verdacht schöpfte und versuchte, mehr zu erfahren, fabulierte meine Mutter eifrig weiter. Bis zu seinem Tod, drei Jahre später, ließ sie ihn in Unkenntnis.

Aber am offensichtlichsten wurde es bei der Sache mit Otto. Otto war mein deutscher Partner im Schüleraustausch, er war zwölf und ich auch. Das war keine Kameradschaft, es war eine von diesen Konstruktionen der Erwachsenen, das linguistische und freundschaftliche Äquivalent einer Zwangsheirat, das zu einem nachhaltigen und ungerechten Hass auf ein ganzes

Volk führen kann. Meine Tante, mein Onkel, meine Cousinen, meine Eltern, wir alle waren in den Bergen und wir erwarteten Otto. Seine große Schwester Sandra, die stolz darauf war, soeben ihren Führerschein bestanden zu haben, brachte ihn in ihrem nagelneuen Käfer.

Es hat dann einen Telefonanruf gegeben, eine plötzliche Unruhe, mein Onkel Serge und mein Stiefvater waren sogleich verschwunden. Ich spielte gerade mit meinen Cousins Monopoly, als meine Mutter zu uns kam: Vor ein paar Minuten habe Sandra angerufen, es sei wirklich schade, aber Otto sei krank, eine sehr schwere Lungenentzündung, und er könne diese Woche nicht kommen.

– Hör zu, hatte meine Mutter hinzugefügt, und mich dabei sehr eindringlich angesehen, das ist gar nicht schlimm, du wirst ihn in den großen Ferien sehen.

Ich war sehr enttäuscht. Dass Otto nicht kam, war mir eher egal, aber ich würde Sandra nicht sehen, die mein gewaltiges erotisches Phantasma war, seit sie eines Abends im Schwimmbad ihrer luxuriösen bayerischen Villa gebadet und ich ihre schönen nackten Brüste gesehen hatte.

Wir hatten dann weitergespielt, und ich hatte endlich die Rue de la Paix kaufen können. Meine Mutter und meine Tante hatten sich in ein Schlafzimmer zurückgezogen und stritten sich. Wir näherten uns der Türe. Meine Mutter flüsterte:

– Wir dürfen ihnen das nicht sagen, das verdirbt ihnen die Ferien.

– Aber hör mal, das dürfen wir ihnen doch nicht verheimlichen, antwortete meine Tante weinend. Kannst du dir das vorstellen? Wie grauenhaft!

– Raphy, wenn du jetzt beschließt, ihnen die Wahrheit zu sagen, fahren wir sofort zurück nach Paris, sagte meine Mutter.

Im selben Moment kamen mein Onkel und mein Stiefvater. Mein Onkel sah ernst aus: Er rief uns, mich und meine Cousins, zusammen und verkündete, dass Sandra und Otto kurz hinter der deutschen Grenze auf der Autobahn einen Verkehrsunfall gehabt hätten, dass Sandra schwer verletzt und Otto tot sei.

Mein Onkel präzisierte noch, dass Sandra im Koma liege und dass ihr kleiner Bruder sofort tot gewesen sei, ohne zu leiden, er habe sogar im Moment des Unfalls geschlafen. Morgen früh werde für uns alle in der Kapelle eine Zeremonie organisiert. Wir würden dort für Otto und vor allem für Sandra beten. Danach, weil wir ja sonst nichts tun könnten, würden wir Kinder zu unseren Skikursen gehen.

Meine Mutter war wie erschlagen, erloschen in der hintersten Ecke des Zimmers geblieben. Ich war hilflos, aber ich schaffte es nicht, ihren Blick zu erhaschen, der ziellos in die Ferne ging. Ich meine mich zu erinnern, dass sie zu mir kam und mich in den Arm nahm, aber sie kam nicht mehr auf die Lungenentzündung zu sprechen, die sie Otto angedichtet hatte. Zum ersten Mal hatte ich erlebt, wie sie mich anlog, und ich wusste, dass es mir von nun an unmöglich sein würde, ihr zu vertrauen.

Alle mir bereits aufgetischten Lügen kamen wieder hoch, und es kamen danach noch hundert dazu. Mein Stiefvater hatte keinerlei Adelstitel, aber ich hörte wie meine Mutter vorgab, er sei ein Graf, und ihn zwang, dies recht linkisch zu bestätigen.

Seine Jahre als Volksschullehrer, die sie seiner und noch mehr ihrer für unwürdig befand, wurden ausradiert, und ich sah, wie er direkt in den Rang eines Englischlehrers aufstieg. Meine Mutter, die ein paar Kurse an einer Fachhochschule gegeben hatte, wurde umgehend zur Universitätsprofessorin.

Auf den obskuren Wegen der internen Beförderungen war sie in die Gehaltsklasse der »professeurs agrégés«, der Oberstufenlehrer, geraten, aber es gelang ihr, sich selbst einzureden, dass sie auch die Wettbewerbsprüfung der »Agrégation« bestanden habe.

Alles diente dazu, unbequeme Wahrheiten zu übertünchen. Ich musste ihre Fiktionen mittragen, zumal sie mich oft zu ihrem Komplizen machte. Mit sechzehn schmiss ich die Vorbereitungsklasse »Maths Sup«, um wenige Monate später durch die Examen des ersten Universitätsjahrs zu fallen. Aber in den Augen der ganzen Familie absolvierte ich ein erfolgreiches Studium; ich traute mich nicht, meiner Mutter zu widersprechen, wenn sie mir ungefragt Diplome in Mathematik verlieh, die ich jedes Mal erst im Jahr darauf oder gar zwei Jahre später bestand. Als ich mit achtzehn das Haus verließ, verheimlichte meine Mutter das vor meiner Großmutter, die doch nur zwei Etagen unter uns wohnte. Wenn ich zufällig vorbeikam, schärfte meine Mutter mir flüsternd ein: »Auf keinen Fall sagst du deiner Großmutter, dass du ausgezogen bist, sie stirbt sonst vor Gram.«

Aber meine Großmutter wusste es von Anfang an, und sie hat's überlebt.

XI

CUVILLY

»Unsere Vorfahren liebten das Land:
Sie gingen dort spazieren, ohne es zu sehen.«
Jules Renard, *Journal*

Von ihrem Vater hatte meine Mutter ein Landhaus geerbt.

Das Wort ist zu hoch gegriffen. Zunächst einmal stand das Haus nicht wirklich auf dem Land, sondern in einem jener pikardischen Dörfer, wo die Bauernhöfe mit umbauten Innenhöfen sich eine Hauptstraße entlang aneinanderreihen. Das Dorf war nicht vollkommen verlassen: Gewiss, die Schule hatte man geschlossen, aber es gab noch einen Lebensmittelladen, eine Bäckerei, eine Kneipe mit einem französischen Billardtisch, in der man auch die Zeitung kaufen konnte, und natürlich eine Kirche, auf deren Giebel geschrieben stand: »Oh, wie gut ist doch der Gute Hirte!« Das war kein Witz, wobei, wenn schon, denn schon, ein Satz wie »Oh, wie jungfräulich ist doch die Jungfrau Maria!« amüsanter gewesen wäre.

Was nun das Haus angeht, so ist, um der Wahrheit genüge

zu tun, zu gestehen, dass es eben ein Bauernhof war, gar nur ein halber Bauernhof. Das Gehöft war geteilt worden, und der große Innenhof mittels einer imposanten Mauer in zwei Hälften zerfallen, wobei die Mauer allerdings nicht hoch genug war, um zu verhindern, dass ich als Kind alle meine Bälle zu den Nachbarn hinüberschoss.

Das Wort »Hauptstraße« hingegen war eine zu bescheidene Bezeichnung: Es war die Nationalstraße 1, die von Paris nach Lille führt. Zwar hatte die Autobahn A1 einen Teil des bis in die Siebzigerjahre sehr dichten Verkehrs umgeleitet, aber jede Minute oder fast donnerte ein Sattelschlepper in wenigen Metern Entfernung am Esszimmer vorbei und ließ die Fensterscheiben klirren. Mit den Jahren konnte ich mir ein Bild von den Fortschritten in Sachen Isolationstechnik machen, aber die Ziegelsteinmauern vibrierten noch wie eh und je, wenn ein Dreißigtonner vorbeifuhr.

Das Dorf nannte sich Cuvilly, und mein Großvater, der Erstbesitzer dieser Behausung, hatte dessen Einwohner spaßeshalber Cuvilains getauft, was in etwa auf Blödärsche hinauslief, aber die reine Verleumdung war, denn richtig heißt es Cuvillois. Er hatte das Haus in den Dreißigerjahren erworben und es, nachdem er eine Zeit lang seine Eltern dort untergebracht hatte, nach dem Krieg zu seinem Zweitwohnsitz gemacht trotz der niedrigsten Zahl an Sonnentagen pro Jahr in ganz Frankreich und einer für Trauerweiden recht günstigen Niederschlagsmenge. Dort scharte er, ganz autokratischer *pater familias,* in den großen Ferien und an den Festtagen zum Jahresende seine Töchter, seine Schwiegersöhne und seine Enkel um sich. Mir sind dennoch bis auf eine Krippe aus faserigem, kräftigem Papier und eine Lichterkette am Weihnachtsbaum nur wenige Erinnerungen daran geblieben. Als meine Mutter senil wurde, sagte sie immer wieder: »Wie glücklich waren wir dort«, aber ich kann nicht erkennen, auf welches gemeinsam erlebte Glück sie sich bezieht, und vermute, dass sie dabei an ihre Jugend dachte und die Jahre vor meiner Geburt.

Mein Stiefvater sagte jedes Mal, wenn er hinten im Garten an der gewaltigen Nordmanntanne vorbeikam:

– Wahnsinn, wenn man bedenkt, dass das unser kleiner Weihnachtsbaum aus dem Jahre 1967 ist …

Eines Tages, ich konnte diesen ewig wiedergekäuten Satz nicht mehr hören, beschloss ich, ihm zuvorzukommen, noch bevor er diese Plattitüde von sich geben konnte. Ich sagte:

– Na so was! Ist das nicht unser kleiner Tannenbaum von 1967?

Aber Guy antwortete dennoch mit ganz erfülltem Gesichtsausdruck:

– Ja, das ist er. Wahnsinn, wenn man darüber nachdenkt …

Mein Großvater ist während der »Ereignisse« vom Mai '68 gestorben. Er wurde in der Familiengruft auf dem Dorffriedhof beigesetzt. Und das hätte das Ende von Cuvilly sein können, wenn nicht meine Mutter gleich nach der Testamentseröffnung beim Notar ihrer Schwester, die sich ohne Zögern und Bedauern davon trennte, deren Anteil abgekauft hätte. Selbst wenn meine Mutter niemals ans Grab ihres Vaters ging, um dort die alljährlichen Chrysanthemen abzulegen, war es für sie unvorstellbar, sich von seinen Überresten zu entfernen und dieses Haus aufzugeben, das für sie voller Erinnerungen an die glücklichen Momente steckte, die sie mit ihm darin verlebt hatte. Vielleicht hoffte sie auch, diese Gipfeltreffen familiären Einklangs fortzusetzen. Aber ihre Schwester, die weniger verrückt war, zog im Sommer die Sonne und im Winter den Schnee vor.

Und doch ließ meine Mutter in der Folge nicht davon ab, dieses Gemäuer ohne jeden Charme auszubauen und teuer einzurichten, ohne dass irgendeine dieser Maßnahmen wen auch immer dazu verleitet hätten, auch nur ein Wochenende dort zu verbringen. Denn meine Mutter und ihr Ehemann fuhren nicht häufiger nach Cuvilly als zuvor, es sei denn, um die Fertigstellung der pharaonischen Bauarbeiten zu überwachen. Diese schluckten ein kleines Vermögen: Aufs Ziegeldach wurden Gauben gesetzt, Halogenscheinwerfer strahlten des Nachts die Bäume an, dann wurden elektrische Rollläden mit Zentralverriegelung angebracht, zwei gusseiserne Portale mit Fernbedienung installiert, und drinnen führte eine Treppe aus massiver Eiche anstelle einer alten Metallleiter auf den unbewohnbaren Dachboden ... Die Immobilie als Objekt therapeutischer Besessenheit.

Das Haus, das anfangs vier Zimmer zählte, verfügte am Ende über derer sieben, was überraschen mag bei einem Ehepaar mit nur einem Kind und keinem einzigen Freund. Meine Mutter hatte für jedes Zimmer ein eigenes Bad einrichten lassen: Sie alle schmückte eine Sitzwanne, dieses zu Recht in Vergessenheit geratene Möbel, das aus der monströsen Paarung einer unbequemen Toilettenschüssel mit einem Nachttopf hervorgegangen sein muss. Es war kaum möglich, darin zu duschen, noch konnte man darin baden, dafür aber waren die Farben des Emails in Retrotönen gehalten: ocker, mauve, wassergrün, hellviolett... Den damaligen Zeiten geschuldet, verfügte jedes Bad darüber hinaus über ein Bidet, diesen Gegenstand der Intimhygiene, der inzwischen exotisch wirkt, nachdem man ihn lange genug als spießig verteufelt hat, wo doch, dem Wörterbuch des *Trésor de la langue française* zufolge, dessen Existenz schon seit 1739 belegt ist. Sein langsames Verschwinden, das man bedauern mag, zeugt gleichzeitig von einem Rückschritt in der Intimpflege, der generellen Vermehrung der Duschen und ganz entscheidenden Fortschritten bei der Qualität des Toilettenpapiers. Aber zu dieser Frage wäre noch zu viel zu sagen, als dass wir sie hier vertiefen könnten.

Zu Anfang des neuen Jahrhunderts schließlich eröffneten mir meine Eltern, dass sie mir ein Geschenk machen wollten: Eine Schenkung in Höhe von dreißigtausend Euro; steuerfrei nach den Buchstaben des Gesetzes. Ich dankte ihnen, denn ich hatte einen hohen Immobilienkredit abzuzahlen, aber sie erklärten mir stolz, dass dieses Geld in Wirklichkeit schon dazu gedient hatte, das anliegende Feld zu kaufen, das nunmehr auf meinen Namen eingetragen war. Sie hatten im Übrigen sofort die Mauer einreißen lassen, die das Feld von ihrem Garten trennte, und also diesen meinen Grund, den sie bereits mit zahlreichen Bäumen bepflanzt hatten, *de facto* annektiert.

Ein Freund, dem ich diese Geschichte erzählte, relativierte die Angelegenheit:

– Worüber beklagst du dich? Weißt du, was meine Eltern mir zum Vierzigsten geschenkt haben? Eine permanente Konzession auf dem Friedhof, gleich neben der ihren.

»Cuvilly« war mit diesem so ausprägt schlechten Geschmack der Siebzigerjahre eingerichtet, in denen Vasarely-Tapeten, offen liegende Holzbalken und rustikaler Innenverputz triumphierten. Das Haus war zu einer Art Schober geworden, in dem sich Möbel aus diversen Erbschaften anhäuften, die meine Mutter gerne für »wertvoll« hielt, denn sie waren, wie sie stets wiederholte, »sehr antik«. Der bretonische Tisch im Stil Henri II. mit seinen traurig dunklen, gedrechselten Stühlen stand neben Louis-XV-Bergèren mit rosa Seidenbezug und Empire-Kommoden mit Intarsien. Dazu gesellten sich weichlich bequeme Scheußlichkeiten, tiefe Velours-Kanapees mit überladenen Motiven in schrillen Farben, unglaubliche, mit quietschenden Styroporkügelchen gefüllte Puffs aus neonfarbenem Plastik, aus denen man sich nur um den Preis grotesker und, für ältere Menschen, schmerzhafter Verrenkungen befreien konnte. Ganz zu schweigen von all dem Mobiliar, das aus der Mode gekommen ist, denn es war schon aus der Mode, kaum dass man es gekauft hatte. An den Wänden rivalisierten dicke Schinken untereinander, Rosensträuße, grellbunte Ölgemälde der *École de Deauville* und Aquarelle mit blühenden Heidelandschaften im Frühling.

Als ich mich Jahre später, kurz nach dem Tod meines Stiefvaters, daranmachte, das Haus zu verkaufen und es zuvor noch zu räumen, machte ich die Entdeckung, dass all das, was ich selbst dort hatte einlagern können, von wenig Rücksicht nehmenden Personen gestohlen worden war, die über den Schlüssel verfügten. Ich erfuhr auch, dass meine Mutter die Möbel, die ich infolge eines Umzugs dort abgestellt hatte, der Putzfrau geschenkt hatte, der sie gut gefielen. Sie »standen im Weg«. Sie hatte es nicht für nötig gehalten, mit mir darüber zu sprechen.

– Nun hör mal, sagte sie, indem sie die Augen zum Himmel verdrehte, das war doch altes Gerümpel.

Sie meinte es ehrlich: Schon in den Siebzigerjahren hatte sie dieser ihrer ganz persönlichen Logik folgend einen Trödler glücklich gemacht, bei dem sie sich eines Oldtimers, eines alten Delahaye V6, Baujahr 1911, entledigt hatte, der in der Scheune vor sich hindämmerte.

Wenn ich mir also damit schmeicheln darf, dass meine Besitztümer einen Abnehmer fanden, so interessierte sich kein Antiquitätenhändler für dieses nicht signierte Mobiliar, die Trödler gaben sich betont skeptisch, und die herbeigerufenen

Entrümpelungsunternehmer seufzten unwillig. So beendeten die »sehr antiken« und »wertvollen« Möbel ihre Dienstzeit unter den gleichgültigen Blicken der Kunden bei einem Versteigerer. Das Gebäude selbst stand jahrelang zum Verkauf, ohne auch nur einen Interessenten anzuziehen. Leute, die sich am Rande einer Nationalstraße in einer viel zu großen Behausung einrichten wollten, die manchmal auch im Juni geheizt werden musste, gehören zu einer raren Spezies. Schließlich fand sich ein Käufer, der einen lächerlichen Preis zahlte, welcher indes weniger beleidigend war als manches Angebot zuvor. Ich stellte im gleichen Zuge fest, dass meine Eltern fünfundzwanzig Jahre lang den Wert des Hauses fast dreimal so hoch veranschlagt hatten und sie sich somit schmeicheln konnten, zu den dreihunderttausend Franzosen aufgeschlossen zu haben, die der Vermögenssteuer unterliegen.

Der mütterliche Stolz hatte nun einmal seinen Preis.

XII

DAS KONTO IN DER SCHWEIZ

»Kein Geld, keine Schweiz.«
Jean Racine, *Les Plaideurs*

Am 18. April 1906 beschloss der Sankt-Andreas-Graben aufzuwachen: Um fünf Uhr morgens Ortszeit erschütterte ein Erdbeben der Stärke 7,8 die Bucht von San Francisco, um dann eine Stunde später, bei Öffnung der Wall Street, die Kurse der Versicherungsgesellschaften der ganzen Welt zu erschüttern. Durch Schäden in Höhe von Hunderten von Millionen Dollar vom Ruin bedroht, wandten sie sich natürlich an ihre Rückversicherer, diese Versicherer der Versicherer, darunter an die Winterthur, das helvetische Gegenstück zur britischen Lloyd's. In Zürich ging der Kurs der Winterthur-Aktie zunächst auf Talfahrt und dann im Rhythmus der unaufhaltsam fortschreitenden Brände, die San Francisco verwüsteten und die niemand zu löschen vermochte, innerhalb von drei Tagen völlig zu Boden. Angesichts der Bedrohung, die Angestellten nicht mehr bezahlen zu können, schlug die Gesellschaft einigen von ihnen vor, sie mit nunmehr wertlosen Aktien zu bezahlen. Einer von ihnen, ein ganz junger Mann, akzeptierte kühn und scharfsinnig dieses Arrangement: Als im Jahre 1907 die Winterthur als nicht verantwortlich für eine solche Naturkatastrophe erklärt wurde, kletterte der Kurs der Aktie höher noch als auf sein ursprüngliches Niveau. Der Mann war reich, und ein reicher Schweizer ist gleich doppelt reich. Die Krise der Dreißigerjahre konnte seinem Vermögen so gut wie nichts anhaben, sie vergrößerte es vielleicht sogar, und er heiratete, lange bevor der Zweite Weltkrieg ausbrach, eine hübsche Französin, Suzanne, die fünfzehn Jahre jünger war als er.

Zu Beginn der Achtzigerjahre begann eine freundschaftliche Beziehung zwischen meinem Stiefvater und einer seiner entfernten Cousinen. Es war Suzanne, inzwischen die Witwe des Versicherers. Suzanne war kinderlos und schon recht betagt. Es stellte sich heraus, dass sie noch immer reich war und über ein geheimes Bankkonto – dieser helvetische Pleonasmus sei entschuldigt – in Lausanne verfügte, das von dem kalifornischen Erdbeben herrührte. Die Hin- und Rückreisen in die Schweiz ermüdeten sie zu sehr, und so vertraute sie die Kontoführung Guy an, für den eine gewinnbringende Zeit des Reisens begann.

Vor ihrem Ableben in den Neunzigerjahren bestimmte die fast hundertjährige Cousine ihn zum alleinigen Erben ihres ganzen Besitzes. Der Stiefvater war plötzlich eine gute Partie. Das kam unerwartet. Als entfernter Cousin bezahlte er eine stattliche Erbschaftssteuer, die noch höher ausgefallen wäre, wenn er nicht vergessen hätte – zweifellos ein Versehen –, beim französischen Fiskus sein brandneues Schweizer Konto anzugeben.

Nach Guys Tod suchte ich mit meiner trauernden und eher

verwirrten Mutter den Lausanner Bankier auf. Ich hatte keine Ahnung von der Summe, mein Stiefvater war ein großer Geheimniskrämer. Ich entdeckte, sagen wir es gleich, ein hübsches Depot vom Wert einer schönen Pariser Wohnung. Ich bekam dann Einblick in die Kontoentwicklung, auch wenn es sich zunächst nur um die drei letzten Jahre handelte. Was ich dort sah, wunderte mich: Guy hatte große Summen abgehoben, und stets in bar.

Über die Art und Weise, das Geld nach Frankreich zu bringen, war das Finanzamt gut im Bilde. Keine Banknote überschritt wirklich die Grenze. Das nannte man die »Kompensierung«, ein vollkommen legales System der Geldwäsche durch die Banken: Ein französischer Betrüger – im besten Fall ein Metzger oder auch ein Zuhälter oder ein Dealer – übergab in Frankreich eine Summe Bargeld an einen Vertreter der Schweizer Bank, der wenig später das Köfferchen einem Franzosen übergab, der Bedarf an flüssigem Geld und Diskretion hatte. Die Summe wurde dann auf dem Konto des Betrügers deponiert und von dem anderen Konto abgebucht, wobei die Schweizer Bank bei jedem Vorgang 5 % der Summe einbehielt, also zusammen 10 %. Geldwäscher, das ist ein Beruf.

Ich versuchte meine Mutter davon zu überzeugen, dieses nunmehr gemeinsame Konto bei der Steuer zu deklarieren. Meine Situation war heikel: Zu jener Zeit schrieb ich für die Internetausgabe von *Le Monde* jeden Morgen kurze Glossen, in denen ich, wenn es die Aktualität so ergab, den Steuerbetrug anprangerte. François Hollande war gerade gewählt worden, die Zeichen standen auf Enthüllung von Bankdaten: Jede Aufdeckung dieses Konto betreffend, so hypothetisch sie auch sein mochte, hätte die Zeitung in Schieflage gebracht. Ich machte einen Termin mit Erik Israelewicz aus, der soeben zum Generaldirektor der Zeitung ernannt worden war und ein Jahr später in ihren Räumen einem Herzinfarkt erlag. Izra empfing mich nur kurz, aber ich hatte auch nur wenig zu sagen.

– Ich habe soeben ein Schweizer Konto geerbt, das nicht deklariert ist. Ich werde das mit dem Finanzamt ins Reine bringen.

– Aha? In Ordnung. Ich dachte, du kämst, um über eine Gehaltserhöhung zu sprechen. Hast du einen Steueranwalt?

– Ich habe einen gefunden. Der einzige, der nicht verlangt, dass man ihn ausschließlich in bar bezahlt.

– Na dann, viel Glück. Du wirst lachen, aber du bist in zwei Monaten der Dritte, der mir so was erzählt.

Ich begann damit, die Sache bei der französischen Finanzverwaltung in Ordnung zu bringen. Zu diesem Zeitpunkt erst, und keinen Augenblick früher, erklärte sich die Schweizer Bank bereit, dem französischen Fiskus, und zugleich mir selbst, Informationen über die vergangenen Jahre zu liefern. Guy hatte keinerlei Kontoauszug hinterlassen, nicht einmal in dem Schließfach, das er in dieser Bank unterhielt.

Ich habe gesagt, ich sei erstaunt gewesen über die Barabhebungen meines Stiefvaters. Um ehrlich zu sein, ich war völlig verblüfft: Anfang der Neunzigerjahre waren mehr als vierzig Millionen Francs auf dem Konto, also mehr als sechs Millionen Euro. Nunmehr war, trotz einer anständigen Verzinsung, das Konto so gut wie leer: Jedes Jahr hatte Guy Abhebungen in Höhe von zweihundertfünfzigtausend Euro getätigt. Hätte er noch zwei Jahre länger gelebt, hätte er Suzannes Hinterlassenschaft vollkommen durchgebracht – abzüglich der Strafgebühren und Zinsen, versteht sich, aber die genaue Berechnung überlasse ich den Steuerrechtlern unter meinen Lesern. Man verzeihe mir hier die Akkumulation von Zahlen, aber wenn man ihre Renten und Gehälter hinzurechnet, dann hatten meine Eltern jährlich mehr als dreihunderttausend Euro ausgegeben. Meine Mutter, die bereits sehr verwirrt war, behauptete, nichts davon zu wissen und völlig »platt« zu sein.

Für die Nachwelt sei daran erinnert, dass dies im Jahre 2011 dem Preis für eine Pariser Zweizimmerwohnung, ein kleines Herrenhaus (renovierungsbedürftig) im Périgord entsprach, oder auch zwanzig Jahren Mindestlohn, zwei Jahresverdiensten eines Chirurgen oder zehn Tagesverdiensten des Präsidenten von Apple, oder aber hundert Jahren täglich einer Pizza Margarita mit zusätzlich Rauke obendrauf. Das war viel.

Hut ab! Bei dem Tarif erklomm Guy, die trübe Tasse, schließlich den Status einer Romanfigur.

Doch halten die Herren vom Finanzamt leider nur wenig von Romanen.

– Was beweist mir, so sagte der Steuerbeamte, dem ich das unerklärliche Verschwinden dieser Summen eingestand, dass Ihr Stiefvater Ihnen nicht einfach dieses Geld in bar gegeben hat und dass Sie es nicht versteckt haben?

Seine absolut begründete Frage überrumpelte mich.

– Verstehen Sie, das ist das Erste, was man sich berechtigterweise vorstellen kann, beharrte er, zwischen Eltern und Kindern ist das im Übrigen sehr üblich.

Sein letzter Satz war für mich wie eine Erleuchtung: Die Idee, dass Guy mir seinen Besitz vermacht haben könnte, heimlich oder nicht, war mir nicht einen einzigen Moment in den Sinn gekommen. Ich musste den Steuerbeamten davon überzeugen, dass ich niemals auch nur ansatzweise damit gerechnet hatte, etwas davon zu sehen zu bekommen, und ihm nachweisen, dass ich mein Leben so organisiert hatte, dass ich niemals finanziell von ihm abhängig sein würde.

Ich hatte einige Papiere, die das bezeugten: Jahre zuvor, als ich es nicht schaffte, die nötige Anzahlung für den Erwerb einer Wohnung aufzubringen, hatte ich notgedrungen Guy um Hilfe gebeten: Er hatte eingewilligt, mir die Summe zu leihen, aber ich musste einen förmlichen Schuldschein unterzeichnen, »für die Steuer«. Vier Jahre brauchte ich, um ihm dieses Geld zurückzuzahlen, das dem entsprach, was er pro Monat ausgab. Zur selben Zeit hatte Guy meinem Sohn, der damals zwölf Jahre alt war, ein Appartement vermacht, um die Höhe seiner eigenen Steuerlast zu senken. Aber er hatte den Nießbrauch behalten, also die Mieteinnahmen, damit sie, so viel war klar, nicht etwa an mich gingen. Ich hatte daraus geschlossen, dass dieses Vermögen, sofern es existierte, mindestens eine Generation überspringen würde. Während ich diese Elemente vor dem Steuerbeamten ausbreitete, glaubte ich, in seinen Augen einen Hauch von Mitleid zu erkennen.

Der Fiskus begnügte sich alles in allem damit, die Höhe der Steuern auf das Konto, Zinsen und Strafgebühren inbegriffen, auf 60 % festzusetzen. Der Neureiche, zu dem ich geworden war, behielt den Rest, während der Trotzkist in mir, der gerne teilte, etwas beschämt vorgab, zu schlafen. Letzterer empfand dennoch einigen Stolz dabei, einen Scheck zu unterzeichnen, der es erlaubt hätte, einem Grundschullehrer lebenslang sein Gehalt zu zahlen. »Wenn es einem gut geht, hat man es schwer«, fasste es derjenige mit einiger Philosophie zusammen, der in Lausanne mein Bankier geworden war.

Aber wie hatte Guy dieses Geld ausgegeben? Beim Spiel, für Drogen, Erpressung, ein Doppelleben, einen maßlosen, aber unsichtbareren Lebensstil? Die Hypothesen hatten ihre Grenzen. Ich überprüfte sie alle.

Guy spielte nicht. Seinen Besitz glücklichen Zufällen auszuliefern, wäre ihm unerträglich gewesen. Niemals hatte er ein Spielcasino betreten, niemals war er zu einem Pferderennen gegangen, niemals hatte er auch nur den geringsten Einsatz an einem Lotto-Toto-Schalter riskiert. Dabei kann man, wie es heißt, leicht hunderttausend Euro beim Tac-o-tac verlieren. Nein, Guy hatte ein vorsichtiges, ängstliches Naturell: Bei der Führung des Schweizer Kontos hatte er auf die Optionen des Familienvaters gesetzt, indem er geringere Gewinne allen risikoreicheren Alternativen vorzog. Ich erinnere mich, wie er die Augen verdrehte und mit den Schultern zuckte, als im Jahre 2001 die Apple-Aktie auf irrationale zwanzig Dollar gesunken war, und ich ihm riet, zu investieren, falls er ein wenig Vermögen habe.

Ein drogensüchtiger Guy, das war lächerlich. Mit dem Rauchen hatte er schon seit Langem aufgehört, auf Anordnung seiner Frau, die davon husten musste. Wenn er bereit war, etwas zu trinken, dann einen Portwein oder gar einen Pastis vor dem Essen. Er trank keinen Wein, oder doch nur wenig. Eines Sonntags hatte ich ihn beim Mittagessen dabei überrascht, wie er ein Stück Süßstoff in sein Glas Rotwein gleiten ließ und etwas Wasser hinzugoss, ein Haut-Médoc, den ich mitgebracht hatte. Und wenn er kokainsüchtig gewesen wäre, hätte man eine medizinische Doktorarbeit über ihn schreiben können: »Das einzige Beispiel für eine lymphatische Reaktion auf ein Tropan-Alkaloid: der Fall Guy Le Tellier.«

Ich konnte mir auch nicht vorstellen, womit man ihn hätte erpressen sollen. Sexuelle Praktiken, die man nicht zugeben kann und die von einem schamlosen Menschen gefilmt worden wären, ein Mord, den er begangen hätte und für den es einen Zeugen gäbe, ein verstecktes Kind, das damit gedroht hätte, seine Existenz ans Tageslicht zu bringen? All das war zwar lustig, aber wenig plausibel.

Das Doppelleben war die beste Option. Aber für ein Doppelleben braucht man zunächst einmal ein Leben, und Guy schien die meiste Zeit damit zu verbringen, keines zu haben. Selten verließ er das eheliche Domizil, es sei denn um sich zur Apotheke zu begeben, wo sein Verbrauch an Medikamenten, wenn schon nicht Bewunderung, dann doch mindestens Begeisterung hervorrufen musste. Jederzeit, oder fast, war er auf dem Handy erreichbar, und meine Mutter war nie weit entfernt. Seine Manen mögen mir vergeben, falls ich ihn unterschätze.

– Und die Professionellen?, hatte der Schweizer Bankier angedeutet, ein großer Liebhaber schamhafter Formulierungen.

– Nutten?, hatte ich prosaischer zurückgefragt. Sozusagen um sicherzugehen, dass ich recht verstanden hatte, und auch, um ein wenig Unwohlsein zu verbreiten.

– Ja.

– Ist das so teuer?

– Ich weiß nicht, sagte er mit Bedacht. Ich denke, das hängt davon ab.

Und warum eigentlich nicht? Meine Mutter hatte mich, mit dieser hemmungslosen Offenheit, die mit der Senilität einhergeht, unbedingt davon in Kenntnis setzen wollen, dass sie ihm schon vor mehr als zwanzig Jahren ihr Bett verboten habe. Sie habe entdeckt – aber es gab dafür, wie stets bei ihr, keine Beweise –, dass er mit Prostituierten »verkehrte«. Und das nur, weil er eines Tages bei einem Spaziergang nicht weit von der Avenue Foch auf einen geparkten grauen Lieferwagen gezeigt hatte, an dessen Heckklappengriff ein roter Lappen befestigt war, ihm zufolge ein diskreter Hinweis darauf, dass das Fahrzeug für das Geschäft mit der Fleischeslust hergerichtet sei.

– Verstehst du, dass er das wusste, beweist doch, dass er dahin ging, sagte sie mir ohne einen Anflug von Zweifel.

Aber im selben Atemzug und ohne Angst, sich zu widersprechen, hatte sie mir erzählt, dass der Kardiologe ihr kurz nach der dreifachen Bypass-Operation ihres Mannes und der Einsetzung des Herzschrittmachers leise zugeflüstert habe: »Gnädige Frau, ein Rat: nicht zu oft und nicht zu heftig.«

Guy war demnach wohl kaum der ideale Anwärter für ein zügelloses, entfesseltes Leben, und sei es mit bezahlten Partnerinnen. Und hätte er den hohen Preis für seltene oder kompliziert umzusetzende Anforderungen bezahlt – aber ich spreche ohne jede Erfahrung, das versteht sich von selbst –, dann hätte selbst das nicht den Gegenwert eines Porsches pro Trimester verschlungen.

Letzte Hypothese, ein geheimer Lebenswandel. Ein schönes Oxymoron. Seinen Reichtum zu verbergen, ist vorstellbar, aber wie kann man seine Ausgaben vertuschen? Heimlich Kaviar essen? Und wenn es denn eine kostspielige Leidenschaft gegeben hätte, wo waren die Spuren davon?

»Wir gaben das Geld aus, ohne zu zählen«, gestand meine Mutter zwar mit einigem Stolz, als ich sie befragte, um zu begreifen. Aber nichts in ihrer Wohnung war von echtem Wert. Hunderte von Ballerinas, Schuhgröße vierzig, mochten aus den Schränken quellen, die sechs maßgeschneiderten Bison-Mäntel meiner Mutter und ein Facelifting alle fünf Jahre mochten nicht gratis gewesen sein, aber die Rechnung ging noch lange nicht auf. Sie bezahlten keine Miete, sie fuhren einen französischen Kombi, den sie nur selten auswechselten, und auch wenn sie dieses blödsinnige Haus auf dem Land hatten, wo das Geld auf dämliche Weise versickerte, so hatten sie doch keine wirkliche finanzielle Belastung zu tragen.

Ich war schließlich so weit, mir vorzustellen, dass das Jahr für Jahr ins Land geholte Geld sich noch immer irgendwo in

Frankreich befand. An einem Ort, den nur er allein gekannt und dessen Geheimnis er, wie man so sagt, mit ins Grab genommen hatte.

Guy hatte in seiner so starren Blockschrift auf einem kartonierten Bogen Papier im A6-Format alle im Falle seines Ablebens notwendigen Informationen notiert. Da standen die Telefonnummer des Schweizer Bankiers, die Daten der verschiedenen Konten, Sparbücher und Lebensversicherungen und sogar der Code seines Schließfachs. Aber oben rechts auf der Rückseite des Kartons standen vier mysteriöse Buchstaben, vier unterschlängelte Majuskeln in Fettdruck: HAST.

Das sagte mir nichts. Meine Mutter wusste von nichts oder hatte alles vergessen. Mein Sohn hatte dieses Wort auch noch nie so gehört.

Natürlich habe ich nachgeforscht. Der französische Hast oder, lateinisch, die Hasta, ist eine altrömische Waffe, eine Stoßlanze, oder ein Bratspieß, das Wort bringt sieben Punkte beim Scrabble™ ein. Es ist auch eine Marke für Herrenhemden, aber diese trug mein Stiefvater nicht. Das Label eines Model-Startups. HAST meint auch die *Hawaii-Aleutian Standard Time,* die Zeitzone von Hawaii. Oder den *Higher Ability Selection Test* der britischen Sekundarschulen. Die *Hammond Academy of Science and Technology.* Die altenglische, sehr shakespearesche, Deklination des *thou hast,* du hast.

Und es ist auch deutsch: *Du hast nie verstanden.*

In der Tat.

XIII

FRAGMENTE EINER KINDHEIT

»Den Kindern eine anständige Ohrfeige,
das hat nie geschadet.«
Ian Monk, »Vor der Geburt«, *Plouk Town*

Ich habe so wenige Kindheitserinnerungen, dass ich tief in die Zeit hinabtauchen musste und doch nur eine Handvoll davon bergen konnte. Dafür, dass sie überdauert haben, mussten sie schon außergewöhnlich sein.

Das Zimmer, in dem ich in der Rue Duhesme schlafe, ist nur ein halbes Zimmer, denn ein grauer Musselinvorhang trennt es von der anderen Hälfte, die als Wohnzimmer dient und zudem noch ein Klavier und zwei schmale Sessel beherbergt. Mein Bett ist eine rote Klappcouch, das Rost aus Stahldraht, und ich merke gar nicht, wie eng es ist. Auch eine Kommode steht da, ein kleiner Schreibtisch und ein auf Sprungfedern montiertes Pferdchen aus hellblauem Veloursamt, mit dem ich in alle Richtungen hopse, wobei ich mich an einer Art Lenkstange festhalte. Manchmal stehe ich morgens früh auf und gehe hinüber zu meiner Mutter und Guy; sie schlafen in ihrem komischen Schrankbett, das tagsüber hochgeklappt wird, denn dieses Zimmer dient ebenfalls als Wohnzimmer.

Ich bin in dem kleinen Flur, über den man die Wohnung betritt. Der Teppichboden ist glatt und schwarz, ich spiele mit meinen Murmeln: Ich stelle eine Schlachtordnung her; die Glasmurmeln sind die Verbündeten, die Kugeln aus Ton bilden die feindliche Allianz, die dicken Klicker sind die Befehlshaber. Aus dem kleinen Schwarz-Weiß-Fernseher höre ich, so wie Millionen Kinder im selben Augenblick, die von einer Blockflöte gespielte Melodie im Vorspann zu *Bonne nuit les petits*, und mich schert es herzlich wenig, dass sie von Pergolesi stammt. Aber ich habe keine Lust, schlafen zu gehen, ich entwickele Einkesselungsmanöver, ich bin Leonidas in der Schlacht bei den Thermopylen, Napoleon in Austerlitz. So kann ich stundenlang spielen, ohne müde zu werden.

Ich begleite meine Eltern, sie machen Einkäufe, ich flaniere an den Regalen entlang. Als wir an die Kasse kommen, präsentiert meine Mutter Gutscheine für ich weiß nicht welches Produkt. Die Kassiererin schaut sie sich an, gibt sie ihr zurück und erklärt ihr, dass die Bons leider nicht mehr gültig sind. Meine Mutter empört sich, die junge Frau erklärt ihr abermals sehr geduldig, dass die Gültigkeitsdauer für dieses Angebot leider abgelaufen sei. Meine Mutter wird lauter, wird plötzlich ohne Vorwarnung bleich vor Zorn und brüllt die Kassiererin an, die nichts anderes sei als eine »arme Idiotin«, eine »Schulversagerin«, von der sie »keine Befehle zu empfangen habe«; sie verlangt, den Geschäftsführer zu sprechen. Ich trete verschreckt einen Schritt zurück. »Aber so schlimm ist das doch nicht«, traut sich Guy hervor. »Ach ja, du natürlich, du, das war ja klar…«, raunzt ihn wie irrsinnig vor Wut meine Mutter an; sie spuckt ihn fast schon an. Versteinert sehe ich dabei zu, wie sie wutentbrannt den Inhalt des Einkaufswagens auf den Boden knallt, wie das schrille Orange der geplatzten Eier zerfließt, sie brüllt, dass sie »nie wieder diesen Schwachsinnsladen betreten wird«, und während sie durch die Tür geht, gibt sie noch ein abschließendes »du blödes Stück« von sich. Mein Stiefvater rennt ihr hinterher, ich drehe mich um, die Kassiererin hat Tränen in den Augen, alle Blicke sind auf uns gerichtet, ich schäme mich. Wir gehen nach Hause zurück, ich sage kein Wort, Guy trottet verlegen einen Schritt hinter ihr her, sie tritt gegen die Autoreifen und brummt unverständliche Sätze vor sich hin. Ich begreife, welche Angst meine Mutter mir und in geringerem Maße auch Guy einflößt. Ich bin nicht mehr in Sicherheit, ich bin ihr ausgeliefert.

Der Citroën Ami 8 fährt durch die Nacht, wir kommen vom Land zurück, ich schlafe ausgestreckt auf der Rückbank. Die roten Ampeln an der Porte de Clignancourt unterbrechen den Rhythmus und wecken mich auf; der asthmatische Lärm des Zweizylinders übertönt die Unterhaltung meiner Eltern, und ich öffne meine schwer kurzsichtigen Augen auf die verschwommenen Lichter von Paris.

Ich bin elf Jahre alt, ich bin auf dem Land, es ist Herbst, kleine Flämmchen tänzeln hinter der dunklen Scheibe des großen Ölofens. Ein Gedanke erschüttert mich: Da ich mich nunmehr an Dinge erinnern kann, die vor diesem bestimmten Tag stattgefunden haben, habe ich also eine Vergangenheit, und also existiere ich. Eine Art »Ich erinnere mich, also bin ich«. Ich dekretiere, dass mein bewusstes Leben in diesem Augenblick beginnt. Ich habe, was natürlich die Höhe ist, vergessen, welche Erinnerung hier Anlass und Ursache war; vielleicht der Tod meines Großvaters wenige Monate zuvor.

Ich lese. Viel. *Fünf-Freunde*-Bücher, *Bob Morane*, dann Jules Verne, Alexandre Dumas, H. G. Wells und auch den *Grand Larousse encyclopédique* in zehn grünen Lederbänden, den ich aufs Geratewohl aufschlage und in dem ich den Eintrag über »Dschingis Khan« genauso verschlinge wie den über »Hydrazotoluol«. Bis zum dreizehnten Lebensjahr habe ich der häuslichen Langeweile gut widerstanden. Ich las, während ich ganz allein zu Mittag aß, ich eilte zurück zu meinen Büchern, sobald ich das Abendbrot hinter mir hatte, ich las nachts unter der Bettdecke mit einer Taschenlampe. Ich las auch in der Buchhandlung.

Die Buchhändlerin. Ich habe niemals wirklich gewusst, wie sie mit Vornamen hieß (Suzanne? Éliane?), und auch ihren Familiennamen kannte ich nicht, aber unzählbar sind die Stunden, die ich bei ihr verbracht habe. Ihr winzigkleiner Laden, der auch ein Schreibwarengeschäft war, maß gerade einmal zwölf Quadratmeter und befand sich unten bei uns im Haus, in der Rue Ordener. Wir waren zuweilen bis zu drei Kinder, saßen auf dem Boden, lasen und manchmal spielten wir auch. Unter den Kindern war auch Jehanne, und da war auch ihr Bruder Renaud. Sie wohnten bei uns im Haus im zweiten Stock, ihre Eltern stritten sich unablässig, und auch für sie war die Buchhandlung ein Zufluchtsort. Eines Abends, wir mussten aufbrechen, habe ich ein Buch geklaut, es war *Der Planet der Affen* von Pierre Boulle. Zu Hause angekommen habe ich es aufs Bett gelegt, aber ich spürte, dass ich unfähig war, es auch nur aufzuschlagen, so sehr lähmte mich die Scham. Ich hatte die Buchhändlerin bestohlen, man würde mich aus dem Paradies vertreiben. Ich bin hinuntergegangen, um es ihr zurückzugeben, ich heulte fast, aber sie hatte schon das Rollgitter heruntergelassen. Ich habe es ihr am nächsten Morgen zurückgebracht und ein paar Entschuldigungen gestammelt. Sie hat mich angelächelt, hat mich getröstet. Ich durfte im Paradies bleiben.

Ich hielt es, wie ich gestehe, vor allem mit Science-Fiction, insbesondere der amerikanischen. *Marabout* und *J'ai lu* sorgten für das Gros meiner präadoleszenten Ausbildung: *Als es noch Menschen gab* von Clifford D. Simak diente mir als Lektion in Dingen der Moral, *Blumen für Algernon* von Daniel Keyes stürzte mich in Verzweiflung, Philip K. Dicks *Das Orakel vom Berge* klärte mich über die potenzielle Dimension von Geschichte auf.

Ich könnte mich zum vollkommen seriösen Vertreter der Idee aufwerfen, dass Science-Fiction, die uns mit anderen Universen und Paradigmen bekannt macht, ein ganz großartiger Wegweiser zur Infragestellung der Welt ist, und das kann man schon als eine Definition von Weisheit ansehen.

*

* *

Ich habe mich nie besonders für Religion interessiert. In der Wallington School for Boys war die anglikanische Kirche in den Sechzigerjahren nicht eben deutlich getrennt vom Staat, und während meiner ersten englischen Jahre brummelte ich jeden Morgen ohne Inbrunst protestantische Kirchenlieder, mit denen eine halbe Stunde vor Unterrichtsbeginn der Tag eingeläutet wurde. Wir waren einige Hundert Knaben in schwarzen Uniformen, die, mit ihren Lehrern in einer riesigen Halle auf Bänken aneinandergereiht, sich zu setzen hatten, zu erheben, wieder zu setzen, um sich abermals zu erheben, und das nach einem wechselvollen Ritual, dessen Sinn und Bedeutung mir schleierhaft blieben. All das überzeugte mich wenig. Und auch mit dem Weihnachtsmann hatte ich meine Probleme gehabt.

Der Glaube meiner Mutter war vage. Sie und ihre Schwester hatten in einer katholischen Schule ihre Erziehung genossen, und sie hatte das ohne Murren hingenommen. Es war »wichtig« für ihren Vater, und die kleine Marceline war alles, nur keine Rebellin. Wir gingen niemals in die Kirche, nicht einmal zur Christmette; auch Gebete vor dem Schlafengehen gab es nicht, und da zu Hause nun einmal über nichts gesprochen wurde, hielt auch die Frage nach der Religion keinen Einzug ins Gesprächsvakuum. Immerhin aber meinte auch meine Mutter, dass dies »wichtig« sei für mich, auch wenn sie dafür keinerlei Argument vorbrachte außer dem ihrer Autorität.

Wohl deshalb schrieb sie mich bei der Rückkehr nach Frankreich gleichsam *ex cathedra* im Kommunionsunterricht ein; die Stunden fanden spätnachmittags im Untergeschoss des Collèges statt. Eigentlich mochte ich diese Versammlungen unterm Neonlicht, bei denen der Geistliche uns sagte, dass wir auf keinen Fall »zögern sollten, ihn jederzeit zu unterbrechen«, um eine Frage zu stellen, denn dies sei »kein Kurs, sondern eine Begegnung mit Gott und dem Glauben«. Ich flog schnell raus, eben weil ich Fragen stellte. Ich wollte wissen – so jedenfalls später meine Mutter, während ich mich an nichts erinnern kann –, ob Gott der Allmächtige auch allmächtig genug gewesen wäre, sich dafür zu entscheiden, lieber nicht zu existieren. Es war keine Eulenspiegelei, dass ich diesen idiotischen Syllogismus erfunden hatte, diese Art Umkehrung, das war nicht weniger abstrus als der ontologische Gottesbeweis des Anselm von Canterbury. Ich protestierte folglich gegen das Unrecht, das mir widerfuhr, aber nichts half: Der Geistliche wollte mich nie wiedersehen.

Trotz dieser schwer belasteten Vergangenheit empfing ich die erste heilige Kommunion: Angetan mit der weißen Albe, verloren inmitten der langen Prozession der Kommuniarskinder, schritt ich in der Pariser Trinité langsam auf den Bischof zu. Als ich endlich bei dem guten Mann angelangt war, kniete ich fromm nieder und sprach deutlich die Wörter des rituellen und auswendig gelernten Satzes. Aber ach, von der Kulisse und der Feierlichkeit des Augenblicks beeindruckt, vertauschte ich sie und sagte also so klar artikulierend wie möglich: »Ich gehöre dem Satan und widersage Jesus Christus für alle Zeit.« Danach öffnete ich weit den Mund, um die Hostie zu empfangen, und wurde mit weichlicher Hand von einem recht müden Kirchenmann gesegnet, der mir nicht sehr aufmerksam zugehört hatte. Das war im Mai 1968. Ein paar Tage später sollte ich die Überreste der Barrikaden auf der Rue Gay-Lussac und die aufgerissenen Straßenpflaster zu sehen bekommen. Und noch ein paar Tage später erlag mein Großvater im Krankenhaus seiner Leukämie. All diese Erinnerungen sind vage, aber die Farbe meines persönlichen Mai '68 ist ein kurioses Gemisch aus weiß, rot und schwarz.

Es kam das Jahr 1969. Ich war zwölf Jahre alt. Wenn ich mich so genau an mein Alter erinnern kann, dann deswegen, weil ich an einem Modell des LEM bastelte, des *Lunar Experimental Modules*, das auf meinem Schreibtisch stand und dort seiner Vollendung harrte. Ein LEM, denn im Juli desselben Jahres war ich mit meinen Cousins und Cousinen lange aufgeblieben, um die Liveübertragung der ersten Schritte eines Menschen auf dem Mond zu sehen. Wir waren in dieser Nacht auf dem Land, der große Röhrenfernseher zeigte unscharfe Schwarz-Weiß-Bilder. Meine kleine Cousine war eingeschlafen, ich hörte Jacques Sallebert zu, dem Sonderkorrespondenten des französischen Staatsfernsehens ORTF, der aus Houston die Bilder des Weltraumflugs der Apollo 11 kommentierte. Mitten in der

Nacht, um 3.56 Uhr, hatte Neil Armstrong live einen kleinen Schritt für sich und einen gewaltigen Schritt für die Menschheit getan. In New York war dieses Ereignis zur *primetime* gegen 22 Uhr vor allem die formidable Propagandashow, als die es programmiert war. In Frankreich aber, und noch dazu für ein Kind, machte die späte Stunde die Sache nur noch außergewöhnlicher.

Zwei Monate später war September, und ich kam in die Obertertia. Mein Stiefvater hatte einen neuen Kollegen, Monsieur Plachet, der, was wirklich eine Seltenheit war, auch zu Besuch kam. Monsieur Plachet dürfte zwischen vierzig und sechzig Jahre alt gewesen sein, was eine recht grobe Schätzung ist und somit belegt, dass ich tatsächlich erst zwölf war, und ihn heute genau zu beschreiben, hieße zu lügen. Monsieur Plachet war vor allem ein Zeuge Jehovahs. Ich weiß nicht, wie und warum es dazu kam, aber er hatte von meinen Eltern die Erlaubnis, sich mit mir zu treffen, und mehrere Wochen lang versuchte er, mich zu bekehren. Weder meine Mutter noch mein Stiefvater hatten sich – glaube ich – der Sekte angeschlossen, und das macht diese Mittwoch-Verabredungen noch extravaganter.

Monsieur Plachet traf sich, entgegen der Tradition, allein mit mir. Denn die Zeugen Jehovahs sind, wie es in einem bekannten Witz heißt, wie die Hoden: Sie sind immer zu zweit, einer ist kleiner als der andere, und sie können an die Türe klopfen, solange sie wollen, sie kommen nicht rein.

Machen wir der Spannung ein Ende: Das Unternehmen Bekehrung scheiterte.

Zum Glück ist von allen monotheistischen Religionen, die aus dem Judaismus hervorgegangen sind, die der Zeugen Jehovahs die bescheuertste; sie macht nicht die mindeste Konzession an die reale Welt, während sich die meisten anderen *nolens volens* mit ihr arrangiert haben, andernfalls sie alle Glaubwürdigkeit verloren hätten – auch wenn Moses nach wie vor die Fluten des Roten Meeres zurückweichen lässt, Jesus immer noch das Brot vermehrt und Mohammed weiterhin auf einem geflügelten Ross durch die Lüfte reist. Monsieur Plachet glaubte wirklich an die Schöpfung der Welt, dass sie sieben Tage gedauert habe, er glaubte an die Sintflut und die Arche Noah und vor allem daran, dass nach Jüngstem Gericht und Auferstehung 144 000 von Gott auserwählte Personen die Geschicke der künftigen Welt bestimmen würden, während der Rest der nicht minder auferstandenen Menschheit ihnen zu Diensten sein sollte. Ich frage mich heute noch, welches Fach Monsieur Plachet wohl unterrichten mochte. Die Naturwissenschaften und Geschichte waren *de facto* ausgeschlossen, genauso wie die Mathematik, deren einer Zweig sich immerhin Logik nennt. Fremdsprachen, Französisch, Sport waren mit seinem Glauben leichter vereinbar.

Es war nicht schwer, sich den Märchen des Monsieur Plachet zu verweigern, aber unsere Debatten waren keineswegs theologisch. Von der Höhe meiner zwölf Jahre schlug ich mich vor allem um Details, die mich schockierten. Die Erde war mehrere Tausend Jahre alt, und die Dinosaurier hatten zusammen mit Adam und Eva im Paradies gelebt, wo alle Tiere Vegetarier waren, selbst der schreckliche *Tyrannosaurus rex*, den ich im Spiel schon so häufig meinen *Triceratops* aus Plastik hatte verschlingen lassen. Ich war enttäuscht und skeptisch. Nur um an Karotten zu nagen, waren das wirklich viele Reißzähne.

Von Mittwoch zu Mittwoch las ich die Bibel, insbesondere die Genesis, aber auch sonst alles, was mir an populären Wissenschaftsmagazinen in die Hände geriet, weniger, um ihn ins Stolpern zu bringen als um unsere Diskussionen zu befeuern, und so überhäufte ich ihn gleich nach seiner Ankunft mit neuen Fragen. Gehen wir davon aus, dass Noah die Tiere immer zu zweien in seine Arche aufgenommen hat. Auch die Kängurus aus Australien? Ja, antwortete Monsieur Plachet zögernd. Ich hatte in der großen *Life*-Enzyklopädie gelesen, dass es Zehntausende von verschiedenen Arten bei den Käfern gab. Wie konnten die alle im Schiff des Monsieur Noah Platz gefunden haben? Monsieur Plachet schien diese wimmelnde Invasion von Koleopteren etwas mehr in Verlegenheit zu bringen. Und das Alter der Sonne? Und der Grand Canyon? Und die Form der Gletschertäler?

Monsieur Plachet hatte alles aus der Schulzeit vergessen. In meinen Augen war Gott nur ein Lückenfüller für all sein Unwissen, und in seinen Augen war allein der Teufel der Einflüsterer all meiner satanischen Rätselfragen. Das alles dauerte nur einen Monat, und Monsieur Plachet kam, nach einer letzten Frage zum Titicacasee, deren genaue Natur ich vergessen habe, nicht mehr wieder – meine Mutter kam später noch oft darauf zurück, denn er hatte sie vor ihr, verzweifelt den Kopf schüttelnd, wiederholt.

Noch als Kind bin ich also den Fantastereien einer apokalyptischen Sekte ausgesetzt worden, ohne dass sich auch nur irgendjemand um die Konsequenzen scherte. Als Heranwachsender wollte ich in Erfahrung bringen, wie diese Treffen überhaupt möglich gewesen waren. Mein Stiefvater zuckte, wie immer, mit den Schultern und bedeutete mir damit, dass meine Frage wieder einmal unangebracht war. »Na geh, das hat dich doch nicht traumatisiert«, schloss meine Mutter, jede Debatte unterbindend.

Paradoxerweise schulde ich dem delirierenden Obskurantismus des Monsieur Plachet ein leidenschaftliches und nie erloschenes Interesse für die Mechanismen der Evolution und des Darwinismus sowie eine nur schwer bezwingbare Wut, die ich für zutiefst kindlichen Ursprungs halte, wenn ich den Schwachsinn der Kreationisten höre. Ich verdanke ihm auch die bleibende Faszination für die Bibel, für die Genesis, das Deuteronomium und vor allem das Buch der Prediger, dieses Poem der ewigen Weisheit, von dem es heißt, es sei von Kohelet, dem Sohn Davids, geschrieben, dieser durchdringende Text, den ich wieder und wieder gelesen habe und der mir fast jedes Mal die Tränen in die Augen treibt.

»Alle Flüsse gehen zum Meer, doch wird das Meer nicht voller.«

XIV

DER GROSSE AUSBRUCH

»– Du wirst ein Held sein, du wirst
ein General sein, Gabriele D'Annunzio,
Botschafter von Frankreich – all diese Gangster
wissen nicht, wer du bist!«
Romain Gary, *Erste Liebe – letzte Liebe*

Im Lycée war ich ein nur mittelmäßiger Schüler, es reichte mir, nicht sitzen zu bleiben. Ich war und bin noch immer von Natur aus faul, aber mein Gehirn funktionierte wie ein Schwamm. Von meiner Begabung für bestimmte Fächer auf ein Interesse daran zu schließen, wäre ein Fehlschluss gewesen. Ich war nicht schlecht in Sprachen. Englisch konnte ich seit meiner Kindheit in Surrey, in der Sexta begann ich mit Deutsch, in der Quarta mit Russisch. Wer immer im nächsten Krieg der Sieger sein sollte, ich wäre bereit zu kollaborieren. Ich gab mir Mühe, so gut wie möglich die Akzente von Oxford, Lübeck und Moskau zu imitieren, und in diesem Eifer steckte, glaube ich, der nicht ganz unbewusste Wunsch, ein anderer zu sein.

Lange war ich auch »gut in Mathe«, so gut, dass ich ein Studium in diesem Fach aufnahm. Aber die Mathematik ist unbestechlich: Gleich einem Schmetterling, der durch Mauern fliegen kann, flattert man auf das Licht zu, durchquert die erste Glasscheibe, dann die nächste, bis eine letzte uns nicht durchlässt und man sofort weiß, dass sie uns nie durchlassen wird. Andere Schmetterlinge gesellen sich an dieser unüberwindlichen Grenze zu uns, und sie kommen problemlos durch. Man versteht also, dass man, leider nein, nicht so gut ist. Dass die Forschung nicht für uns gemacht ist. Dass kein Lehrsatz unseren Namen tragen wird. Dass man, bestenfalls, ein mittelmäßiger Vermittler sein wird, ein Pädagoge, dessen Begeisterung nach und nach schwinden wird. C'est la vie, wie die Engländer sagen.

Ohne angeben zu wollen – eine Formel, der stets eine Angeberei folgt –, gab es einen Kurs, bei dem ich sofort glänzte: die Philosophie. Ich stellte mein Talent im Umgang mit Begriffen unter Beweis, und vor allem mochte ich sogleich das Prinzip, auf einer Frage so lange herumzureiten, bis sie alles hergegeben hatte. »Muss man seine Illusionen verlieren?«, lautete die Aufgabenstellung. Warum »muss man«? Was bedeutet »verlieren?« Wie definiert man eine »Illusion«? Warum der Plural? Sind es wirklich unsere? Das liebte ich wirklich.

Mein Lehrer hieß Jean-Louis Groma. Er war groß, so sehr gebeugt, dass es beinah so wirkte, als habe er einen Buckel, und er hatte einen Klumpfuß, weswegen er humpelte. Sein Gesicht war kantig, trocken, geradezu knochig. Unter einer langen Nase trug er einen Schnauzbart à la Groucho Marx. Für ihn hegte ich eine spontane Bewunderung, und bewundernswert, das war er ohne jeden Zweifel, da er mich doch für eher begabt hielt. Ich entdeckte die Wohltaten des Pygmalion-Effekts, dieser sich selbst erfüllenden Prophezeiung, die unsere Leistungen steigert, weil eine anerkannte Autorität an uns glaubt.

Groma war meine zweite Vaterfigur, um eine Analytiker-Formulierung zu benutzen, und, ja, sein Nachname begann und endete wie »Großpapa«. Donnerstags war sein Kurs der letzte des Vormittags, und oft blieb ich noch, damit er mir half, Klarheit in meine wirren Gedanken zu bringen. Seine Diagnose am Ende der Abschlussklasse lautete, dass ich Gefahr laufe, »mich in einen alten Virtuosen« zu verwandeln, eine feinsinnige Gehässigkeit, die mir im Alter von gerade mal sechzehn Jahren, schmeichelte. Trotzdem hatte er um einen Termin mit meinen Eltern gebeten und sich dafür stark gemacht, dass ich in der *Khâgne*, der Vorbereitungsklasse für die École Normale Supérieure, weiter meinen Weg gehen solle.

Aber meine Mutter sah das Heil nur in der Mathematik. Als Geisel ihres Stolzes sollte ich dort triumphieren, wo ihr Vater von einer Zulassung nur hatte träumen können und wo ihr erster Mann gescheitert war: Ich würde sie beide rächen und die Aufnahme in die École polytechnique schaffen. Aber das muss man auch wollen, sehr stark wollen. Und ich wollte es nur wenig. Ich war noch ein Kind, jenes Monstrum, das, wie Sartre schrieb, die Erwachsenen aus ihrer Trauer um verpasste Gelegenheiten fabrizieren.

Und dieses Kind war bis dahin naiv gewesen, glücklich, von seltener Fügsamkeit gegenüber seiner Mutter, glaube ich. Erst spät begann ich zu streiten, zu argumentieren, gegenzuhalten. Aber ich begriff schnell, dass ich mit ihr nicht kämpfen konnte, dass jeder Widerspruch ihr unerträglich war. Die kleinste Unstimmigkeit stellte unsere Beziehung und – so empfand ich es – ihre Liebe infrage. Angesichts dieser schrecklichen Bedrohung erlaubte ich mir nicht den kleinsten Sieg, und mein

Gehirn erfand für sich ein äußerst seltsames Mittel, um nicht mehr zu funktionieren.

Die Dummheit ist ein Symptom, hat Françoise Dolto gesagt. Dieses Symptom verkörperte sich bei mir in Gestalt eines lang gedehnten, dämmerigen Bildes aus den Tropen: Es wird Nacht auf einer Insel im Pazifik, vielleicht liegt sie im Galapagos-Atoll. Im Halbdunkel des Mondlichts steigt eine Riesenschildkröte aus dem Ozean, kriecht schwerfällig über einen langen Strand und gräbt dann in den Dünen ein tiefes Loch. Darin legt sie glibberige und durchsichtige Eier. Ihre Pupillen sind gelb und feucht, sie weint Schildkrötentränen unter dieser Tortur. Dann schaufeln ihre hinteren Schwimmfüße ungeschickt Sand auf die Eier.

Das ist eine Urszene, reptilienartig und universell. Das Bild der *mater dolorosa*, der Geburt unter Schmerzen, das mich auf immer geprägt hat. Ich muss diese Szene in den Sechzigerjahren im Schwarz-Weiß-Fernseher meiner Großeltern gesehen haben, und es war sicher schon spät, oder spät für ein Kind.

Wenn ich mit meiner Mutter stritt, erschien mir dieses Bild von dem Meeresreptil. Es verwischte alle meine Gedankengänge, löschte Argumente aus, die ich hätte finden können. Die Schildkröte beschützte mich, untersagte mir, über meine Mutter zu triumphieren, die ich andernfalls zu verlieren drohte.

Es kam der Morgen im Februar 1974. Ich war in die Vorbereitungsklasse für Naturwissenschaften aufgenommen worden, in die »math sup'«, und das in einem »guten Lycée«. Ich bereitete mich, wie sie es gewünscht hatte, auf die Zulassung zu den »Elitehochschulen« vor, um »Ingenieur« zu werden.

Aber ohne dass sich meine unmittelbar bevorstehende Implosion angekündigt hätte, kann ich an diesem Tage nicht mehr: Ich steige nicht an der Haltestelle des Lycée aus, sondern etwas später, am Odéon, und ich gehe bis zum Luxembourg. Diese Episode meines Lebens habe ich ganz schamlos Thomas angedichtet, dem Protagonisten eines früheren Romans. Warum sie noch einmal anders erzählen? Gehen wir einfach zum *Ich* über.

Ich gehe an dem langen Bassin entlang, vorbei an den Statuen der Königinnen von Frankreich, ich setze mich auf einen der metallenen Stühle. Wahrscheinlich habe ich meine Eskapade vorbereitet: Meine Tasche ist vollgestopft mit Büchern, es ist nicht sehr kalt. Am Abend kehre ich hungrig zu meinen Eltern zurück. Zu Mittag habe ich ein Baguette und ein Stück Obst gegessen.

In den folgenden Wochen wird der Luxembourg mein Hauptquartier. Ich treffe mich mit meinen Genossen aus der Bohème: Manon, die in meinem Alter ist und ihr vorletztes Schuljahr schwänzt. Der Patschuli-Duft wird mich immer an sie erinnern. Kader, ein großer schwarzer Mann, um die dreißig, Gitarrist, der in der Métro spielt und den ich hin und wieder begleite: Wenn ich für ihn die Hand aufhalte, sind die Einnahmen dank dieses Zusammenschlusses eines weißen Jugendlichen mit einem schwarzen Erwachsenen mehr als doppelt so hoch. Bei Regen stelle ich mich in einem der Pavillons unter, wenn es zu kalt ist, gehe ich ins Malebranche, dieses verräucherte Café, wo ich die Freunde aus der Khâgne von Louis-le-Grand treffe. Ich diskutiere über Politik, Literatur, streite mich lauthals über Proust, Althusser, Trotzki und Barthes, und dies mit einer Vehemenz, die in proportionalem Verhältnis zu meiner Unkenntnis der Texte steht. Als ich sie später wirklich las, errötete ich angesichts des Blödsinns, den ich verzapft hatte, und ich wunderte mich darüber, dass diese Hochstapelei straflos durchgegangen war.

Dann kommen der März und der April. Ich informiere meine Lehrer, dass ich aussteige. Aber meine Mutter und Guy belüge ich. Ich entdecke, wie einfach, ja sogar aufregend das ist, durch welch gute Schule ich gegangen bin. Ich stinke nach Tabak? Ich rege mich über den Stress der Raucher während der Probeprüfungen auf. Ich habe kein Geld fürs Mittagessen? Von nun an muss die Kantine in bar bezahlt werden, ich verdächtige den Buchhalter der Veruntreuung. Ich komme versehentlich zu früh heim? Ein Experiment zur Redoxreaktion ist schiefgegangen, und der Chemielehrer – »ihr glaubt es nicht« – hat sich Verbrennungen zugezogen. Niemals habe ich soviel von meinem Studium erzählt wie ab dem Moment, da ich es aufgegeben hatte.

An einem Abend im Mai, ich war gerade erst nach Hause gekommen, stricke ich wieder an meinem täglichen Roman. Guy beobachtet mich still. Plötzlich bricht es aus meiner Mutter heraus. Sie sind auf dem Laufenden. Das Lycée hat angerufen: Ich habe ein Buch aus der Bibliothek nicht zurückgegeben, obwohl ich doch seit drei Monaten abgemeldet bin. Ich werde niemals an eine Elitehochschule kommen. Meine Undankbarkeit war, gemessen an den Opfern, die sie erbracht hatten, ganz offensichtlich total. Die Rentabilität ihrer Investitionen sozusagen war jämmerlich. Die Atmosphäre bleiern.

Zum Glück aßen wir wie jeden Abend bei meiner Großmutter, und meine Eltern machten dort gute Miene. Aber als wir uns wieder zwei Etagen höher einfanden, bei uns zu Hause, beschränkte sich meine Mutter auf einsilbige Wortbeiträge, und Guy, der ihr seine bedingungslose Unterstützung bezeugen wollte und kein Wort mehr mit mir sprach, zermalmte mich mit deutlich zur Schau gestellter Verachtung. Ich zog mich in mein Zimmer zurück und las. Das dauerte sehr lange.

Es war unerträglich. Dennoch schien sie mein Auszug wenige Monate später, am zweiten Tag nach Erreichen meiner Volljährigkeit, vollkommen unvorbereitet zu treffen. Ich hatte ihn von langer Hand vorbereitet, ich konnte vorläufig bei einem Freund unterkommen, ich hatte einen Koffer gepackt, Geld gespart. Meine Mutter bekam einen furchtbaren Wutanfall. Sie warf meine Kleider und Bücher auf die Straße, zerriss alle Fotografien, die sie von mir hatte, schnitt mich aus denen heraus, auf denen ich abgebildet war, damit ich daraus verschwände.

Das bedeutete Krieg. Dabei wollte ich gar keinen Bruch. Ich war hilflos, unglücklich, erschrocken über meine eigene Entscheidung. Ich rief täglich, oder beinahe täglich, meine Großmutter an, um sie auf dem Laufenden zu halten. Aber ich gab ihr weder eine Telefonnummer, unter der ich erreichbar gewesen wäre, noch irgendeinen Hinweis auf den Ort, an dem ich wohnte.

Dennoch glaube ich, dass ich an diesem Tag im April 1975 aufhörte, meiner Mutter zu gehören und ihrer Allmacht entkam. Ich wusste damals noch nicht, dass diese strukturell war und dass ich mich nicht so schnell der Unterwerfung würde entziehen können.

Ich werde mich auf alle Ewigkeit an eine apokalyptische Szene erinnern, die mich lange Zeit über beide Ohren erröten ließ: Ich saß in einer Vorlesung über analytische Zahlentheorie in der Aula 24 auf dem Campus von Jussieu, als ich hörte, wie aus der obersten Sitzreihe »Du Schweinehund!« gebrüllt wurde. Alle drehten sich um. Es war meine Mutter. Versteinert sah ich sie – wie eine Furie – vor zweihundert verdutzten Studenten, die einen Augenblick lang vom Studium der absoluten Konvergenz der Dirichletreihen abgelenkt wurden, die Treppe herunterrennen. Ich erhob mich, versuchte, ihr zu entwischen, aber sie beleidigte mich ohne Unterlass, mit widerlichen, geradezu an Inzest rührenden Ausdrücken, wie sie eine Mätresse, die von ihrem jungen Liebhaber sitzen gelassen wurde, gebrauchen würde, sodass einige meiner Kommilitonen in der Tat an den Bruch einer Liebesbeziehung glaubten.

Ich schaffte es, sie aus dem Hörsaal herauszuziehen, aber nicht, sie zu beruhigen. Wie immer hatte ich bei ihr den Eindruck, gegen die Medusa zu kämpfen. Ihr Geschrei hallte unter der Decke wider, ihre Stimme wurde zischelnd, war voller Hass. Die Argumente gingen ihr aus, sie ging zu Drohungen über. Ich sollte mir nur nicht einbilden, zurückkommen zu können, »keinen Pfennig« würde ich ihr mehr »aus dem Kreuz leiern«, und im Übrigen sei ich »enterbt«. Ich trat den Rückzug an, Schritt für Schritt, ihr Zorn war wie ein schwarzer Sog, von dem ich nicht verschlungen werden wollte. Dann ging sie fort, immer noch außer sich, und ließ mich zitternd vor dem Hörsaal stehen, der sich langsam leerte.

Von dem Tag an achtete ich darauf, die gleichen Kurse zu besuchen, aber in anderen Hörsälen, zu anderen Uhrzeiten, bei anderen Hochschullehrern.

XV

PIETTES TOD

»Am Ende des Kummers
Ein geöffnetes Fenster,
Ein erleuchtetes Fenster«
Paul Éluard, »Und ein Lächeln«, *Le Phénix*

Es bedarf keiner Rechtfertigung, dass ich über Piette spreche.

Ich war also noch keine zwanzig, als ich Piette kennenlernte. Es war eine dieser Einladungen, zu der ich nicht gehen wollte, eines dieser etwas hohlen Abendessen unter etwas müßigen Studenten. Es wurde stets zu viel geraucht, zu viel getrunken, und oft mündete das Ganze in eine Partie Poker. Aber am anderen Tischende saß da diese sehr junge Frau, Piette, dieses schlanke, fast schon magere Mädchen mit den feinen Gesichtszügen. Ich habe nie erfahren, wer sie eingeladen hatte. Sie schien nicht sehr viele Leute zu kennen, von den meisten wusste sie nicht einmal den Vornamen.

Sie hatte grüne Augen, die Iris war grau umrandet, ihr Teint war matt, über ihre linke Schläfe zog sich eine kleine, zarte Narbe, ein winziger Halbmond, der schillerte, als sei er mit Lack aufgemalt. Sie trug ihr schwarzes Haar sehr kurz. Ich weiß nicht, ob sie mein Typ war, aber sie hat auf Jahre hinaus definiert, was mein Typ sein sollte. »Gehen Sie auf diese Frau zu«, sagte André Breton, »und fragen Sie sie, ob das Licht in ihren Augen zu verkaufen ist«. So viel Chuzpe hatte ich nicht.

Mit kleinen, lebhaften Einwürfen dirigierte sie, ähnlich wie man mit dem Stock einen Trupp Gänse führt, die Tischgesellschaft. Hin und wieder lancierte sie eine Idee, die zuweilen hinreißend absurd sein konnte – »Wenn ich euch sage, dass ihr nicht an einen Elefanten denken sollt, woran denkt ihr dann?« –, und ließ dann die Gäste untereinander streiten. Sie fiel ihnen ohne zu zögern ins Wort, sobald sie langweilig zu werden drohten. Sie lachte und brachte zum Lachen, sie war fröhlich und tragisch, sie bezauberte mich und gleichzeitig beunruhigte sie mich. Sie balancierte auf einem Drahtseil.

Nie fiel Piettes Blick auf mich. Ein Rothaariger mit Sommersprossen – in meiner Erinnerung ein Riese – war ihre Begleitung. Ein Däne mit starkem Akzent. Von Zeit zu Zeit küsste er sie, griff linkisch nach ihrer Hand, als ob er sich seines Besitzes vergewissern wollte. Der Abend schritt voran, zum Nachtisch gab es Vanilleeis. Plötzlich flüsterte sie ihm etwas in Ohr, er blickte verdutzt, aber sie runzelte die Stirn, fügte gerade noch ein Wort hinzu, und er stand abrupt vom Tisch auf, verließ das Zimmer. Die Tür schlug zu. Am Tisch stellte sich ein kurzes Schweigen ein, Blicke wurde getauscht, Piette klatschte in die Hände, sagte »Etwas ist faul im Staate *et cetera*«, und die Unterhaltung nahm wieder Fahrt auf. Ich begriff, dass sie Schluss mit ihm gemacht hatte. Ich erhob die Forderung, dass wir uns das Eis des Dänen teilen sollten, und da lächelte sie mir endlich zu.

Piette bewohnte in der Nähe des Jardin des Plantes eine große Dreizimmerwohnung, die Absteige eines jungen und reichen Australiers, dessen Geliebte sie gewesen war und der vor Monaten nach London zurückgekehrt war, um dort weiterzuleben. Auf mich wirkte das sehr exotisch. Als wir auf ihrem Treppenabsatz anlangten, lag ein Briefumschlag auf der Fußmatte. Darin befanden sich Schlüssel. Sie zuckte mit den Schultern: Es waren die Schlüssel des Dänen. Sie gab sie mir: »Hier, deine Schlüssel.« Ich glaubte, ich sei ihr neuer Däne. Aber so war es nicht.

Mit Piette entdeckte ich, was manisch-depressiv heißt, was bipolare Störungen sind. Es gab Phasen der Hochstimmung, wo nichts und niemand sie in ihrer Allmacht hätte überwinden können, und es gab Tiefpunkte, wo ich um ihr Leben fürchtete. Ich nahm ihre Krankheit an, sie gehörte zu ihr, ich nahm die Symptome an, mit einer kleinen Arzneitasche voller Benzodiazepine und Lithium.

– Nimm mir niemals übel, was ich sage oder tue, wenn ich *down* bin. Du würdest mir auch nicht übel nehmen, dass ich mich übergebe, wenn mir schlecht ist. Das ist dasselbe. Mein Hirn ist krank, nicht mein Kopf.

Piette mochte meine Freunde nicht besonders. Zu militant, zu viele Gewissheiten über den Gang einer zu lesbaren Welt. Ich nahm ihre Vorbehalte rasch an, und von einem Tag auf den anderen sah ich die Freunde weniger oft, dann fast gar nicht mehr. Ich liebte das Leben mit Piette. Zunächst, weil ich Piette liebte. Mit ihr dauerten ein Tag und eine Nacht sehr viel länger als vierundzwanzig Stunden, und wir verbrachten sie in der Cinemathek, mit dem gegenseitigen Vorlesen von Gedichten und indem wir miteinander schliefen. Piette füllte jeden meiner Tage aus, ich stand ganz unter ihrem Zauber.

Sie stellte mich alsbald ihren Eltern vor, Daniel und Claire, ihrem großen Bruder André und ihrer Schwester Alice, sie alle standen ihr vereint beiseite im Kampf gegen die Krankheit. Einmal mehr staunte ich über die familiäre Wärme, das stille Einvernehmen, die Selbstverständlichkeit. Das war nicht nur die Faszination des Einzelkindes angesichts des Vergnügens, Geschwister zu haben. Es war diese heiter gelöste Einfachheit, die bei ihnen herrschte und die mir ganz fremd war, diese Freude am Zusammensein, die ich in ganz jungen Jahren auf Besuch bei Klassenkameraden entdeckt hatte. Manchmal fragte ich sie nach ihrem Leben aus, ich versetzte mich in ihr Glück, ich malte mir mein Leben bei diesen so freundlichen, so offenen Fremden aus. Ich hatte mich im Verdacht, mir etwas vorzumachen, die Kirschen in Nachbars Garten wirklich für süßer zu halten. Oft waren sie es.

Wir waren beim Kaffee. Ich war in der Küche, trug die Teller und Gläser ab, ihre Mutter packte meine Hände und drückte sie ganz fest. Sie sagte: »Danke, danke.« Ich dachte, sie wollte mir für die Hilfe beim Abräumen danken, aber sie fuhr fort:

– Sie zählen für sie.

Ich las in ihren Augen die Hoffnung, dass ich sie retten möge, und dieser neue und naive Glaube bewirkte, dass ich selbst glaubte, es zu können. Ich ging zurück und setzte mich neben Piette. Sie lachte. Sie lachte dieses heisere, unglaublich sinnliche Lachen, das ich bei niemand anderem wiedergefunden habe.

An jenem Tag wurde ich von Piettes Familie adoptiert.

Wir waren erst vier Monate zusammen, als Piette schwanger wurde. Das war unvorhergesehen, wenn auch vorhersehbar, oder vorhersehbar, wenn auch unvorhergesehen. Auf jeden Fall war es gut. Ich war noch keine zwanzig Jahre alt und überrascht, mich schon so bereit zu fühlen. Piette hatte keinerlei Zweifel. Beim samstäglichen Mittagessen verkündeten wir ihren Eltern die Schwangerschaft. Claire weinte überwältigt. Wir öffneten eine Flasche Champagner, Piette trank nur einen Tropfen.

Piette war glücklich, es war ein fröhliches Mahl, sie wollte das Fotoalbum herausholen, gemeinsam ließen wir ihre Kindheit in Polaroidaufnahmen an unseren Augen vorbeiziehen. Die Familie unterm Sonnenschirm am Strand, Piette, die dicke Kullertränen weint – eine Qualle hatte sie gepiekst –, André und Piette ganz stolz auf ihren Skiern, alle Kinder verkleidet für ein Fest – Piette als Fantômette. Auf einer der Fotografien ein rosa Kuchen mit fünf schmucken Kerzen: Aus Schokosplittern waren, gar nicht einmal so ungeschickt, die sechs Buchstaben P. I. E. T. T. E zusammengesetzt.

Im Alter von vier Jahren hatte Rebecca Cohen aufgehört, ihren Vornamen zu tragen, um sich fortan Piette zu nennen. Man hatte der kleinen Rebecca ein Bilderbuch vorgelesen, dessen Heldin Miette hieß, es war die mit einiger Symbolik aufgeladene Geschichte einer Bäckerin, in der es um lange Baguettes ging und um dicke runde Brötchen, wobei Einzelheiten hier nichts zur Sache tun. Das kleine Mädchen drehte sich um zu seiner Mutter und sagte entschlossen: »Ich will, dass ihr mich von jetzt an Piette nennt.« Claire versuchte ihr zu erklären, dass Vornamen für ein ganzes Leben gewählt werden, zog es aber angesichts der Halsstarrigkeit des Kindes und in der Überzeugung, dass ihm diese Laune schon vergehen werde, vor, nicht weiter zu insistieren. Aber Piette gelang es in wenigen Monaten, ihre kleine Welt zur Raison zu bringen, indem sie jede Antwort verweigerte, sobald man sie weiterhin Rebecca nannte. Der Vorname aus Schokolade auf dem Geburtstagskuchen war die geradezu amtliche Bestätigung ihres Sieges.

Ich besaß zu jener Zeit noch eine alte Spiegelreflexkamera, eine russische Zenit, die schwer war wie ein Amboss. Ich war nicht sehr begabt, ich mochte keine Souvenirfotos – ich war, wie alle Welt, »Künstler« –, aber ich fühlte mich von der Geschichte mit dem Fotoalbum ermutigt und schoss ein Foto nach dem anderen, fuhr eine reiche Bilderernte ein, für mich, und für das Kind, das da kommen würde und dessen Geschlecht wir vor der Geburt noch nicht erfahren wollten. Ich sammelte die Bilder, ohne genau zu wissen, was ich damit machen wollte, in einem Karton: Piette auf einem Stuhl sitzend und mit einer hübschen Grimasse ihre nunmehr prallen Brüste betrachtend, ihren sich rundenden Bauch; Piette, die gewandet in eines meiner Hemden mit ihren langen Beinen durch die Küche stolziert; Piette in einem artigen Wollkleid auf einer Parkbank *Charlie Hebdo* lesend; Piette nackt auf dem Bett, mit einem drolligen Filzhut auf dem Kopf. Das war, wie soll ich sagen, alles ganz »Godard«. Manchmal, wenn ich eine Aufnahme züchtig genug und gleichzeitig gelungen fand, machte ich einen Abzug für Daniel und Claire.

Aus einem absurden Sinn für Symmetrie heraus stellte ich Piette, nicht gerade begeistert, meiner Mutter und meinem Stiefvater vor. Sie sollten Großeltern werden, ein Treffen schien mir unvermeidlich. Ich war seit mehr als zwei Jahren aus dem Haus, unsere Treffen verliefen eisig, denn ich war ja, das galt als ausgemacht, ein Schweinehund.

Sie schlugen ein Mittagessen in der Brasserie La Lorraine an der Place des Ternes vor. Ein unpersönliches und überteuertes Lokal, das ich verabscheute. Wir fanden uns dort ein, und gleich ließ sich meine Mutter Piettes Vornamen zweimal sagen.

– Piette, wiederholte Piette.

Sie fügte hinzu:

– Den Namen habe ich gewählt, als ich vier Jahre alt war.

– Und Ihr wirklicher Vorname?, fragte meine Mutter.

– Das ist mein wirklicher Vorname, antwortete Piette.

Meine gereizte Mutter konnte ein Schulterzucken nicht unterdrücken, es war eine kaum merkliche Geste, aber Piette entging nichts. Schon aus reinem Instinkt konnte sie meine Mutter nicht leiden und meinen Stiefvater fand sie auf vielsagende Weise nichtssagend. Der Hass meiner Mutter war ihr auf Anhieb gewiss. Die verschiedenen Gänge wurden aufgetragen, die banalen Fragen machten deutlich, dass niemand sich für den anderen interessierte, ich hatte es eilig, den Kaffee zu bestellen, und wir brachen rasch auf, ohne von dem Kind gesprochen zu haben, das unterwegs war. Ein anderes Mal …

Wie jedes Jahr luden Piettes Eltern pünktlich zum ersten Tag des Frühlings ihre nächsten Verwandten nach La Noche ein, in ihr südlich von Vaison-la-Romaine bei Séguret gelegenes Ferienhaus. Erst sehr viel später ist mir aufgegangen, dass *Noche* das Anagramm von Cohen ist. Piette hatte dort unsere »Verlobung« organisiert: Allen sollte offiziell bekannt gegeben werden, dass sie ein Kind erwartete. Ich aber hatte so gut wie niemanden eingeladen, und ganz gewiss nicht meine Mutter und meinen Stiefvater. Piette ersparte mir jede Rechtfertigung vor Claire und Daniel:

– Wir wollen ganz unter uns bleiben, wir werden nicht einmal ein Dutzend sein.

– Aber das ist so schade, bedauerte Claire dennoch, das wäre die Gelegenheit.

Es sollte keine andere geben.

Piette war im vierten Monat schwanger, als sie sich vor einen Zug warf. Eine Stunde zuvor hatte sie das Krankenhaus im Westen von Paris verlassen; sie hatte dort drei Tage zuvor um

Aufnahme gebeten, denn die *Down*-Phase war zu stark gewesen; nach Einschätzung der Ärzte war Piette wieder hinreichend stabilisiert und konnte entlassen werden. Sie hatte eine Nachricht auf dem Anrufbeantworter hinterlassen, die mich erst sehr viel später erreichte: »Komm mich abholen, rasch. Ich liebe Dich.« Ich hatte sie nicht abgeholt.

Die Pflegestation benachrichtigte mich von ihrem Tod, die Polizei hatte schon Kontakt aufgenommen mit Claire und Daniel. Ich setzte mich in ein Taxi, um zu ihnen zu fahren, und merkte erst unterwegs, dass ich kein Geld bei mir hatte, um die Fahrt zu bezahlen. Ich stieg mich entschuldigend und unter wüsten Beschimpfungen des Fahrers wieder aus. Als ich eintraf, wechselten wir nur zwei Worte, mehr nicht. Ich blieb zwei Tage lang bei ihnen, mit ihnen. Wieder in die Rue Lacépède zurückzukehren, in meine Wohnung, in unsere Wohnung, war mir unmöglich. Ich erinnere mich nur noch an wenige Dinge, die Straßengeräusche in der Stille der Wohnung, ein Pilzomelette, das ich in der Küche mit André teilte, zwei Nächte auf dem Gästebett, ein Dutzend Maigret-Krimis, die ich las, bis der Schlaf mich endlich für ein paar Stunden niederrang.

Die Beerdigung fand am übernächsten Tag statt.

Piettes Bruder André gab mir eine Kippa, ihre Mutter zerriss mir das Hemd auf der Höhe meines Herzens; meine Augen waren bis zu dieser ungeheuren Geste, auf die ich nicht vorbereitet war, so gut wie trocken geblieben. Die Tränen sprudelten mir jetzt aus den Augen, und ich musste mich lange Minuten abseitshalten, um mich wieder zu fassen.

Ich hatte keinerlei Ahnung von den jüdischen Bräuchen. Piette respektierte nicht einen davon, liebte Schweinswürste und scherte sich einen Kehricht um den Sabbat. Ich hatte die Rituale auf die Schnelle eingeübt und war durcheinandergeraten. Ich war linkisch, stand mir selbst im Wege. Immer wieder musste Daniel mir bei meinen Gesten zu Hilfe kommen, mir zeigen, wo ich mich hinzustellen hatte. Ich schämte mich meiner Unwissenheit, ich fürchtete jeden Augenblick, aus lauter Ungeschick die Würde dieses Moments zu profanieren. Ich war eine Art Rabbi Jakob, in einer jugendlichen und pathetischen Ausführung und ohne Tanzeinlagen. Ich warf eine Schaufel Erde auf ihren Sarg, gleich nach ihrem Bruder, der mir bedeutete, dass ich die Schaufel nicht weiterreichen durfte, sondern in den weichen Boden rammen musste. Ich habe Jahre später erfahren, dass dies mir gegenüber, da wir ja nun einmal nicht verheiratet waren und ich kein Jude war, ein Akt der Toleranz war und auch ein Zeichen der Zuneigung.

Ich hatte nicht einen Augenblick daran gedacht, meine Mutter und Guy darum zu bitten, mich auf diese Beerdigung zu begleiten. Guy hätte umständehalber diesen verschlossenen Gesichtsausdruck aufgesetzt, der die Gleichgültigkeit genauso gut kaschiert wie die Dummheit, und die Trauer meiner Mutter wäre so gespielt gewesen, so sichtbar künstlich, dass ich mich für sie geschämt hätte. Ich wollte nur die Wahrheit.

Ich fürchtete auch, dass sie, was auch immer ich ihr gesagt hätte, mit Blumen angekommen wäre.

Am Ende der Zeremonie nahm Piettes Mutter mich in die Arme:

– Es ist vorbei. Danke, dass du da warst. Ich meine nicht nur jetzt. Sondern vorher, für sie.

Und sie sagte auch:

– Es ist besser so, weißt du. Irgendwann wäre es passiert. Früher. Später.

Und weiter:

– Verschwinde nicht gleich wieder aus unserem Leben, bitte.

Sie öffnete ihre Handtasche und reichte mir ein in Seidenpapier eingeschlagenes Päckchen. Ich öffnete es. Es war ein Schweizer Taschenmesser für Kinder, knallrot mit dem weißen Kreuz darauf.

– Da, sagte Claire, nimm es. Es gehörte Piette, als sie sechs oder sieben war, es war das einzige Messer, mit dem sie ihr Fleisch schneiden wollte. Ich sagte ihr immer, dass man essen muss, um zu leben. Dir sage ich einfach nur, dass man leben muss. In einem Jahr, zu Piettes Jahresgedächtnis, sehen wir uns wieder. Und ich will, dass du dann eine neue Freundin hast, verstehst du? Du bist zwanzig Jahre jung. Du sollst leben.

Ich habe die Klinge ausgeklappt, dann eingeklappt, habe lange das Schweizer Wappen betrachtet. Claire hatte mir mein Kreuz aufgeladen. Ich schob das Messer in meine Jackentasche.

Ich bin ihrem Rat gefolgt. Ich habe gelebt.

Aber zuvor habe ich, bis es mir den Hals zuschnürte, immer wieder Piettes Stimme bei ihrer letzten Nachricht gehört. Sehr viel später habe ich alle Fotos, die ich von ihr aufbewahrt hatte, verbrannt, und auch den Karton habe ich weggeworfen, aus Aberglaube, wie ich fürchte. Ich hatte nur eines behalten, auf dem Piette bäuchlings im Schaumbad liegt und nur ein Fuß herausragt, eine kleine Schwarz-weiß-aufnahme, 7x10 cm, matt, die ich lange Zeit in meiner Brieftasche bei mir trug. Und eines Tages habe ich die Brieftasche verloren.

Und auch das Schweizer Taschenmesser habe ich dann irgendwann verloren. Das ist das Schicksal aller Reliquien. Sie werden verehrt oder verloren.

Am Tag nach der Beisetzung beschloss ich, meine Mutter von Piettes Tod zu unterrichten. Ich sage absichtlich meine Mutter, denn von meinem Stiefvater erwartete ich mir nichts Großartiges, bestenfalls einen Standardsatz. Ich klingelte unangemeldet bei ihnen. Meine Mutter öffnete, war überrascht und fast schon beunruhigt, mich zu sehen. Ich trat ein. Ich setzte mich auf einen Sessel. Es war die kubistische Überarbeitung eines Pompadour-Fauteuils, mit himmelblauem Samt bezogen, überladen mit verschiedenen Motiven und versehen mit Quasten und Borten, wie man sie in den Siebzigerjahren fabrizierte. Meine Mutter nahm mir gegenüber auf einem Kanapee der gleichen Machart Platz.

Ich sagte nur:

– Piette ist gestorben.

– Piette?, fragte meine Mutter und runzelte die Stirn.

Der Tonfall dieser Frage verriet nicht Überraschung, sondern Unverständnis. Sie hatte tatsächlich vergessen, wer Piette war. Ich half also nach:

– Piette. Meine Freundin. Wir haben zusammen Mittag gegessen. Sie ist tot. Sie hat sich umgebracht.

Meine Mutter nickte. Sie sagte:

– Ah ja.

Sie erinnerte sich. Sie fuhr fort:

– Sie hatte ja einen komischen Vornamen.

Ich war fassungslos, wusste nicht, was ich antworten sollte. Ich betrachtete die Kulisse um mich herum, die Samtsessel, das gescheckte Rinderfell unter dem schwarz lackierten Klavier, die Bücher in der Vitrine, die schweren Seidenvorhänge.

Mein Stiefvater stand immer noch da und sagte nichts, er schien den Staub auf dem Klavier fest im Visier zu haben. Plötzlich trat er auf mich zu und raunte mir ins Ohr:

– Denk daran, deiner Mutter zum Geburtstag zu gratulieren. Der war vor drei Tagen, und du hast ihn natürlich vergessen.

Ich verfügte nunmehr über ein unfehlbares Mittel, mich an Piettes Todestag zu erinnern.

Ich schwieg, stand auf, bat um ein Glas Wasser und ging Richtung Tür. Offen gestanden sind die Erinnerungen an diese wenigen Minuten, in denen ich mich von ihnen verabschiedete, sehr ungenau.

»Du gehst schon?«, wird mein Stiefvater gesagt haben, der sich darüber ärgerte, dass ich für nichts gekommen war und diesen blödsinnigen Geburtstag vergessen hatte. Er wird mir auch angeboten haben, zum Mittagessen zu bleiben.

Auf dem Treppenabsatz drückte ich, der Gewohnheit folgend, den Knopf für den Fahrstuhl. Meine Eltern standen auf der Türschwelle. Ich wartete nicht auf ihn, ging die Treppe hinunter, um unter meinen Füßen jede einzelne Stufe der acht Stockwerke zu spüren. Im Kopf drehte sich alles.

Ich machte mir Vorwürfe, weil ich hergekommen war. Ich verspürte keinerlei Wut, es sei denn auf mich selbst. Der Satz meiner Mutter hatte mir etwas klargemacht. Ich war nur gekommen, um bedauert zu werden. Ich suchte Mitleid, Beileid.

Ich begriff, dass ich mir selbst gefallen wollte. Dass ich das schwarze, eisige Kleid des jungen Witwers anlegen wollte, dass ich eine »mit Raffinesse ausgekostete« Lust an genau dem empfand, »was unser Leiden ausmacht«, wie Pessoa sagt. Ich schämte mich, ich fühlte mich schmutzig, elend. Ein echter Schweinehund, diesmal wirklich.

In seiner sehr großen Klugheit hat Jaime Montestrela geschrieben: »Für das Volk der Hatu, das die Hochebene des Guadjapaja (Mexiko) bewohnt, ist bei grausamsten Anlässen der Trauer der Satz »Ich teile Ihr Leid« niemals bloß Metapher. Jeder nimmt sich seinen Teil, und es kommt sogar vor, dass sehr schnell nichts mehr für denjenigen oder diejenige übrig bleibt, der oder die leiden müsste.« Ich hatte keine Lust mehr, mein Leid zu teilen. Mit niemandem.

Ich verließ das Haus und setzte mich ins erstbeste Bistro. Ich bestellte einen Kaffee mit einem Schuss Milch. Wie Piette es immer tat.

Es hatte Jahre gebraucht, eher schon Jahrzehnte, bis ich über Piette reden, von ihrem Tod sprechen konnte. Ich war dazu erst an dem Tag in der Lage, als mir klar wurde, dass ich nicht mehr um Mitleid betteln würde, dass die Zeit der Trauer vorbei war.

An diesem Tag habe ich bedauert, das Schweizer Messer verloren zu haben.

XVI

KRIEG UND FRIEDEN

»Warum nur bin ich so gelungen,
wo doch ich dem Stamm zuletzt entsprungen?«
Jacques Jouet, *Mek-Ouyes chez les Testut*

Selbstverständlich habe ich versucht, mit meiner Mutter Frieden zu schließen. Manche Kriege fordern zu viel Kraft. Jede Art von Waffenstillstand war unmöglich, sie wollte die Kapitulation des Rebellen.

Die Erpressung mit dem Portemonnaie ist die Atomwaffe bei Eltern-Kind-Konflikten. Aber ich hatte meine Flucht geplant und alles organisiert, um zu überleben: Jahre zuvor, nach dem Tod meines Großvaters, waren die familiären Weihnachtsfeste zum Anlass einer seltsamen Zeremonie geworden, bei der weiße Briefumschläge den Besitzer wechselten. Die drei Kinder, meine Cousine, mein Cousin und ich, erhielten weniger Geschenke, aber ein wenig Geld, begleitet von dem rituellen Satz: »Davon kaufst du dir, was du möchtest.« Logischerweise hätte jedes Kind die gleiche Summe bekommen müssen, aber meine Mutter hatte eine ganz andere Logik und Raphaëlle gegenüber angemerkt, dass sie ja nur mich habe, während sie, ihre Schwester, zwei Kinder habe. Folglich gab mir meine Tante, darauf bedacht, jeden Streit zu vermeiden, das Doppelte von dem, was meine Cousins von meiner Mutter erhielten. Weihnachten war bei uns zu einem Gesellschaftsspiel der Umverteilung auf Nullsummen-Niveau geworden. Ich profitierte fast gar nicht von diesem Wettbewerbsvorteil, da die Summe sofort auf einem Sparkonto deponiert wurde. Und eines Tages wurde das ganze Geld in eine Garage investiert, die »etwas einbrachte«, da sie vermietet war.

An meinem achtzehnten Geburtstag eröffnete ich ein neues Bankkonto, und darauf überwies ich meine gesamten Ersparnisse. Die Garage hatte ich nicht vergessen: Ich ließ mir die notarielle Besitzurkunde aushändigen, ich informierte den Mieter. Ich war nicht sonderlich stolz auf diesen raffgierigen Zugriff auf eine eher lächerliche Beute, aber das gestattete mir mehrere Monate lang ein Überleben.

Aber ach, ich konnte mal hier, mal da übernachten, Nachhilfe in Mathe geben, kurzzeitig ein paar exotischen und oftmals nächtlichen Beschäftigungen nachgehen – Aushilfe im Leichenschauhaus des Klinikums von Cochin, Autor von Kurzmeldungen bei der *Libération* in der ruhmreichen Zeit der Rue de Lorraine, Nachtportier in einer psychiatrischen Klinik, Pförtner im Hotel ... –, mein Schatz war nach und zerronnen.

Die Mathematik erfordert viel Arbeit, ich konnte mir schwer etwas anderes als Lehrer vorstellen, und es kam der Tag, an dem ich mich dem Feind ergeben musste, um die Finanzierung meines Studiums auszuhandeln. Meine Mutter schlug ein, aber sie beschloss, mich zu demütigen: Bei jedem Sonntagsbesuch gab sie mir ein wenig Geld, kaum genug, um über die Woche zu kommen, damit ich erneut betteln käme. Ich war nicht mehr ihr Sohn, sie machte aus mir eine Art käuflichen und undankbaren Gigolo, einen Peiniger, dessen Opfer sie war.

Dieses Erpressungsmanöver ging nicht auf: Indem sie mich erniedrigte, erniedrigte sie sich selbst; da ich mich ihretwegen über mich selbst schämte, ließ sie mir keine andere Wahl, als auf Distanz zu gehen.

Unsere Beziehung blieb sehr stürmisch.

An einem Sonntag jagte sie mich nach einem Streit, dessen Anlass ich vergessen habe, aus der Wohnung. Ich wartete auf dem Treppenabsatz, sie blieb an der Tür stehen, Guy hielt sich hinter ihr als logistischer und moralischer Beistand, und ich sah, wie der Zorn unkontrollierbar in ihr anschwoll. Der Aufzug kam, sie stürzte sich auf mich, als die Fahrstuhltür sich schon schloss, und da sie mich mit der Hand nicht mehr erreichte, versetzte sie mir einen Fußtritt. Ich war derart überrascht, dass ich einige Sekunden lang sprachlos blieb, und der Aufzug fuhr los. In der Einsamkeit der Kabine lachte ich zunächst. Dann stieg eine innere Kälte in mir hoch und zugleich eine grenzenlose Wut. Ich schlug mit der Faust gegen die Metallwand; der Abdruck blieb noch jahrelang.

Mehrere Tage hintereinander hinterließ sie mir beleidigende Nachrichten auf dem Anrufbeantworter. Manchmal war es nur ein »Schweinehund!« oder ein »Scheiiiiße!«, das sie aus voller Kehle brüllte. Ich stellte mir unterdessen Guy vor, wie er trotz allem verlegen in ihrer Nähe stand und angesichts einer solchen Maßlosigkeit sicher versuchte, sie zu beruhigen.

Ich war erst zweiundzwanzig Jahre alt, ich war am Ende. Ich schrieb ihr einen Brief, der versöhnlich sein sollte:

Mama,

Ich weiß nicht, warum wir uns immer streiten müssen, aber ich wünsche mir so sehr, dass sich das nicht mehr wiederholt. Zunächst, weil mich deine Vorwürfe vor lauter Schuldgefühlen krank machen. Und dann, und vor allem, weil ich, anders als du glaubst, jedes Mal unglücklich darüber bin, dir Kummer bereitet zu haben. Leider nur verbindest du alle deine Beleidigungen stets mit Drohungen, und ich verzweifle bei der Vorstellung, dir zu antworten, weil ich nicht will, dass du dir einbildest, sie hätten ihre Wirkung gezeigt.

Mama, ich hab dich lieb. Ich weiß nicht, wie ich es dir sagen soll, du wirst sagen, dass ich auch nicht weiß, wie ich es dir zeigen soll, aber jeder einzelne deiner Wutanfälle und Exzesse streckt mich auf lange Zeit nieder. Ich kann gar nicht aufzählen, was du mir alles vorwirfst. Ich weiß nicht einmal, was ich tun müsste, um nicht mehr der Schweinehund zu sein, den du nunmehr verabscheust. Du glaubst, dass ich nicht leide, dass ich völlig gleichgültig bin. Ich leide nur auf andere Weise als du. Ich brauche dich viel mehr, als du mich brauchst. Du hast schon vor mir existiert, du bist nicht immer meine Mutter gewesen. Ich verdanke dir meine Existenz und bin immer dein Sohn gewesen. Eine Frau ist zwangsläufig stärker als ein Mann, eine Mutter stärker als ein Sohn. Ich tue dir vielleicht weh, aber sei gewiss, dass auch du mir wehtun kannst.

Du glaubst, dass ich dich abweise. Ich weise dich nicht ab. Ich widerstehe dir, wie das alle Kinder tun, und sollte ich eines Tages einen Sohn oder eine Tochter haben, wird auch er oder sie mir widerstehen, sobald der Moment der Auflehnung gekommen ist. Ich schreibe dir nicht, um dir was auch immer vorzuwerfen, noch um alle Unterschiede, Uneinigkeiten,

alles Unverständnis aufzulisten, sondern um einfach Frieden zu schließen oder mit dem Versuch zu beginnen, Frieden zu schließen.
Ich stehe vor der Mauer deines Zorns, ja deines Hasses, und ich leide darunter. Ich weiß nicht mehr, wie ich sie zum Einsturz bringen kann.
Ich habe immer den Eindruck, dass alles, was ich dir sage, sich gegen mich wenden wird. Also versuch bitte, diesen Brief nicht gegen den Strich zu lesen, ihn nicht von dem abzubringen, was er dir zu sagen versucht.
Und umarme Papa von mir. Richte ihm meine Zuneigung aus.

Einige Tage später erhielt ich einen Brief, auf dem ich die Schrift meiner Mutter erkannte. Auf dem Umschlag stand: »Monsieur Hervé Le Tellier«, was mich erstaunte. Darin waren Hunderte von Papierschnipseln, ein Konfetti. Das war mein Brief, in kleine Fetzen zerrissen.

Ich war wie vernichtet. Ich verstand, dass diese Erklärung für sie wertlos war. Als ich gerade einmal acht Jahre alt war, hatte sie befunden, dass ich undankbar sei, und dekretiert, dass ich sie nicht liebe. Nichts war falscher. Ihre Stimme war voll kalter Wut, und ich hatte geweint. Sie hat es wieder und wieder vor mir deklariert, und am Ende hat sie recht behalten.

Als ich diesen Brief auf die Post gab, hoffte ich auf eine sanftmütige Antwort, die mir die Kraft gäbe, diese auf immer verlorene Liebe des kleinen Jungen wiederzufinden. Aber lieben wollen bedeutet alles, nur nicht lieben. Mit dieser ultimativen Erklärung hatte ich im Grunde vielleicht nur eines erstrebt: dass ihr Zorn verrauche, um ein wenig Aufschub zu gewinnen. Und also ja, dieses so weichliche »Mama, ich hab dich lieb«

hatte diese Beleidigung in Gestalt eines Konfettis gewiss verdient.

Ich habe meiner Mutter nie wieder geschrieben.

Ich habe nicht mir ihr gebrochen, ich habe es dabei bewenden lassen, dass wir einander seltener begegneten. Diese Feigheit ist kein Ruhmesblatt. Ich habe es akzeptiert, mich schuldig zu fühlen und mich auch so zu verhalten, selbst wenn ich gleichzeitig den Verdacht hegte, dass ich in keiner Weise schuldig war.

Die Jahre vergingen, und unsere Divergenzen vertieften sich. Ich entfernte mich von ihr, wie man einen Stab Dynamit auf Abstand hält; sie tat keinen Schritt auf mich zu. Zu Guy, der ihr in allem folgte, blieb mein Verhältnis von polarer Lauheit. Die Technologie der Anrufbeantworter schließlich entwickelte sich weiter, aber alle bekamen ihren Anteil an »Schweinehund!« und »Scheiße!« ab.

Und ich begann zu schreiben.

Meine Mutter gab sich Mühe, so zu tun, als sei sie stolz darauf, desgleichen mein Stiefvater, der weniger Verachtung für mich an den Tag legte, als ich ihm gegenüber verbarg. Schließlich stand bei jedem neuen Buch, das erschien, sein Familienname auf dem Titelblatt.

Und doch haben weder sie noch er in dreißig Jahren auch nur eines davon gelesen, nie haben sie an einer Lesung teilgenommen, und sie sind auch nicht ins Theater gegangen, um eines meiner Stücke zu sehen. Mich verletzte das nicht: Sie lasen nichts, sie gingen nicht aus, und mein Werk, so bewundernswert es auch hätte sein mögen, hätte ihr Wesen nicht verändern können.

Hätten sie meine Arbeit gemocht, so hätte mich das bestenfalls verblüfft, schlimmstenfalls bekümmert.

Meine Mutter hatte mich nicht als Schriftsteller gesehen,

und sie litt in ihrer Eitelkeit darunter, dass sie permanent ihre Ambitionen hinsichtlich meiner Karriere herunterschrauben musste. Indes ergab sie sich niemals in ihr Schicksal: Eine spät abgelegte Doktorprüfung fand Gnade in ihren Augen, und dass ich in Linguistik promoviert hatte, war da zweitrangig. Im Übrigen fragte sie mich andauernd, »worin« ich Doktor sei, und ich neige dazu, dies eher als Ausdruck einer wahrhaftigen Gleichgültigkeit denn als Vorboten ihrer Krankheit zu deuten. Am Ende antwortete ich einfach irgendetwas: Molekularbiologie, Makroökonomie des Gesundheitswesens, Astrophysik der Elementarteilchen, und zog mir damit Guys finstere Blicke zu. Auf alle Fälle war ich Doktor, und allein der Titel zählte. Noch heute, bei jedem Besuch im Pflegeheim, flüstert sie mir zu:

– Vergiss nicht, gegenüber den Krankenschwestern zu erwähnen, dass du Doktor bist, das beeindruckt sie.

*

* *

»Du sollst deinen Vater und deine Mutter ehren, auf dass du lange verweilst in dem Lande, das Jahwe, dein Gott, dir gegeben hat«, so steht es im Exodus, Kapitel 20, Vers 12, und so steht es auch im Deuteronomium, Kapitel 5, Vers 16.

Alle Übersetzungen bleiben unpräzise. Für »ehren« schlagen die Synonymwörterbücher »feiern«, »rühmen«, »achten«, »anbeten« vor. Aber der Text drückt keine Moral aus, wie eine Zitrone ihren Saft, hier geht es weder um Liebe noch um Achtung. Das hebräische *kavod* (כבוד) hat dieselbe Wurzel wie das Adjektiv *kaved* (כבד, »schwer«) und bedeutet ganz prosaisch »die Last tragen«, »unterstützen«. Du sollst also deinen Vater und deine Mutter »(er)tragen«. Ein indiskutables Gebot, eine *mitzvah*, die aus einer Welt kommt, die weder Rente noch Sozialversicherung kannte.

Ich (er)trage von jetzt an meine Mutter.

Matthäus (15,4) sagt, dass, wer seinen Vater oder seine Mutter verflucht, mit dem Tode bestraft wird. Aber Matthäus übertreibt immer, das ist einer dieser exaltierten Burschen, und auf jeden Fall hat meine Mutter mich zu oft verflucht, als dass ich die Kraft aufbrächte, es ihr heimzuzahlen.

In den letzten Jahren verfiel sie dem Wahnsinn. Guys Gegenwart, seine Präsenz an ihrer Seite, hatte dazu beigetragen, das Fortschreiten der Alzheimer-Krankheit zu verschleiern. Natürlich hatte es Anzeichen gegeben: Ihre Unfähigkeit, einen Computer zu benutzen oder sich eines neuen Telefons zu bedienen, Anzeichen, die sie durch ein ostentatives Desinteresse oder Verärgerung angesichts von Neuerungen überspielte.

Aber in der Woche, die auf den Tod ihres Ehemannes folgte, begriff ich die wahre Dimension ihrer Demenz und wie sehr sie mich meiner Zeit berauben würde. Ich sah mich in den Rang einer »Hilfe« befördert, und hier ist nicht der Ort, darzulegen, wie gering die Unterstützung ist, mit der die Angehörigen von Demenzkranken rechnen können. Ich möchte auch nicht ihren allmählichen Verfall beschreiben, die täglichen Sorgen, das verlorene Portemonnaie, das die Mutter meines Sohnes ihr »gestohlen« hatte, das Verschwinden der Fernbedienung für den Fernseher, die jemand »versteckt« hatte.

Der geistige Verfall verstärkte ihre Ängste und ihre Paranoia: Sie rief mich mehr als hundert Mal am Tag an und hinterließ mir jedes Mal eine Nachricht. Oft, um mich zu beleidigen, aber genauso oft, um mich zu beleidigen, weil sie vergessen hatte, dass sie mich bereits beleidigt hatte. Mein Anrufbeantworter gab schon bald, überfordert von den stundenlangen Nachrichten, den Geist auf. Ich hob nicht mehr ab, hörte nicht mehr hin, begnügte mich damit, regelmäßig anzurufen, um sie zu beruhigen, und machte mir erst Sorgen, wenn ein halber Tag vorüberging, ohne dass sie eine Nachricht hinterlassen hatte.

Eines Tages fragte sie mich, ob ihr Vater gestorben sei, und wann. Ich antwortete ihr, das sei vor etwa fünfzig Jahren gewesen; sie entgegnete bösartig:

– Warum erzählst du mir solche Sauereien? Ich habe Papa gestern gesehen.

Dann kam der Moment, dass sie die Leute auf der Straße anhielt, damit sie mich anriefen, oder mir SMS sendeten. Der Nachrichtenverkehr hatte etwas Unglaubliches und die Rechtschreibung fluktuierte je nach Absender:

– Ihre Mutter hat Versuch sie zu erreichen. Sie solln anruhfen.

– Ich danke Ihnen für die Nachricht. Ich werde sie anrufen. Aber Sie müssen wissen, dass ich sie heute Morgen schon zweimal am Telefon hatte...

– Aha, sie sacht mir das sie sie schonn seit gesternabent sucht.

– Ja, ja. Ich hatte sie auch gestern schon acht bis zehn Mal am Apparat.

– Ach so, Endschuldigung, ich happ sie auf der Strasse getrofen.

Ihr Körper ließ sie nicht im Stich: Wie eine geköpfte Ente lief sie stundenlang durch die Straßen auf einem fest abgesteckten Rundgang mit den immer gleichen Etappen.

An ein und demselben Tag betrat sie ein halbes Dutzend Mal die Bank, um Geld abzuheben, ging zehnmal zum Feinkosthändler, wo sie verlangte, dass man mich anrief, denn sie habe »kein Geld mehr zum Essen«. Im Haus wurde sie zum Schrecken der Nachbarn, bei denen sie zu jeder Stunde klingelte, und des Concierge, den sie nachts weckte und der es nicht mehr aushielt. Die Polizei wurde mein regelmäßiger Gesprächspartner.

Eine therapeutische Einweisung erwies sich schnell als die einzige Lösung. Und dann, nach einer medikamentösen Übergangsphase, eine spezialisierte Einrichtung.

Meine Mutter wollte dort wieder fort, wollte zurück nach Hause, auch wenn sie vergessen hatte, wo sie wohnte, und sie nicht einmal ihr Zimmer fand. Es war inzwischen unmöglich, sie auch nur einen Augenblick allein zu lassen, aber sie hatte noch immer Argumente:

– Die Leute sind so doof, du ahnst es nicht, die kennen nicht mal den Unterschied zwischen einem Prädikat und einem Objekt.

Um ihr den Übergang zu erleichtern, hatte ich aus ihrer alten Wohnung eine Kommode und eine Récamiere geholt. Auch ein paar Elfenbeinschnitzereien in einer abschließbaren Vitrine. Ich richtete ihr eine Art Habitat her, wie für eine Amphibie in ihrem Vivarium. Ich hatte auch ein paar Fotos mitgebracht: von ihren Eltern, meinem Sohn, mir, und sogar von Guy, der mit fortschreitender Krankheit eine Art Rückkehr in Gnaden erleben durfte.

An einem Sonntag kam ich sie besuchen und sah die Porträtaufnahmen nicht mehr.

– Sie hat sie alle zerrissen, sagte die bestürzte Krankenschwester. In ganz kleine Stücke, wir konnten sie nicht mehr retten.

Ich verstand es nicht. Sie liebte ihre Eltern doch so sehr.

Zuerst habe ich gedacht, dass sie zu sehr darunter litt, ihre Gesichter wiederzusehen, wo sie doch nicht mehr lebten.

Dann habe ich begriffen, dass sie ihnen etwas übel nahm: Nicht nur die Lebenden ließen sie allein, selbst die Toten hatten sie im Stich gelassen.

XVII

DAS ALTE PAAR

»Liebe. Unbedingt vermeiden. Immer mit Gefühlen verbunden.
Gefühle schaden dem geregelten Ablauf der Dinge.«
Alexandre Vialatte, *Chroniques de la Montagne*

Es war der letzte Sommer, in dem meine Mutter noch allein bleiben konnte, wo die Krankheit noch keine permanente Begleitung erforderte.

Wir aßen, sie und ich, wieder einmal im Wepler zu Mittag. Diese Brasserie an der Place Clichy ist eine jener Einrichtungen, wo die Kellner wissen, wie man sich zugleich vertraulich und respektvoll verhält, wie man zuvorkommend sein kann und diskret. Der Ort eignet sich dazu. Henry Miller, Boris Vian hatten hier ihren Tisch, Jacques Roubaud frühstückte hier zuweilen. Im Winter, wenn es regnet, sieht der Platz aus wie von Caillebotte gemalt. Nur die Fiaker sind verschwunden.

Wir saßen an einem Tisch auf der Innenterrasse. Wegen des goldgelben Lichts, das sich über ihn ergoss, hatte meine Mutter dort sitzen wollen, aber jetzt beklagte sie sich schon, die

Sonne störte sie. Wir hatten die Plätze getauscht, aber die Hitze war ihr auch unangenehm, und so hatte sie ihre Sonnenbrille wieder aufgesetzt, damit der Oberkellner merkte, wie unwohl sie sich fühlte. Mir war das peinlich, aber das war ich inzwischen gewöhnt. Es heißt, man sei erst an dem Tag wirklich von allen chauvinistischen Gefühlen befreit, an dem man sich im Ausland nicht mehr für seine Landsleute schämt. Auf ähnliche Weise ist das Peinlich-Berührt-Sein die letzte Verbindung mit meiner Mutter.

Sie sang, wie so oft, vor sich hin, ohne sich dessen bewusst zu sein. Ich erkannte diese Bourrée im Dreivierteltakt wieder, deren Text die Philosophie meiner Mutter so gut zusammenfasste: »Ich pfeife auf die halbe Welt *(zweimal)* und scheiße auf die andere Hälfte.« Sartre zitiert den Satz in *La mort dans l'âme*: Das war ihre Art Existenzialismus.

Sie hatte das Mittagsmenü bestellt, den »Fleischerteller«. Was auch immer auf der Karte stand, meine Mutter wählte stets ein Steak mit Pommes frites. Das schloss bestimmte Restaurants aus: Jeder Versuch, sie einmal die indische, chinesische, libanesische Küche probieren zu lassen, jeder Versuch, sie zu einer auch nur halbwegs exotischen Erfahrung in kulinarischen Dingen zu bewegen, war in die Hose gegangen (wenn ich mir den Ausdruck gestatten darf). Ein Steak also; Bavette, Filet, falsches Filet, Entrecôte, Châteaubriand, die Bezeichnung tut wenig zur Sache, aber es musste rotes Fleisch sein. Sie bestellte jedes Mal ausdrücklich »medium«, aber die Erfahrung zeigte, dass das Fleisch nie genug durch war. Fast immer wanderte der Teller in die Küche zurück. Und wenn er zurückkam, dann war es eine »Schuhsohle«, und sie aß nur das Innere.

Meine Mutter stellte die Professionalität der Kellner auf eine harte Probe. Sie hätte als Testesser in der Hotelfachschule arbeiten können. Oder einfacher gesagt: Meine Mutter war schwierig.

Wir waren neben ein altes Paar gesetzt worden, oder sagen wir eher: neben ein Paar älterer Herrschaften. Vielleicht war es ja ein junges Paar älterer Menschen. Mir ist wohl bewusst, dass »alt« zu einem politisch inkorrekten, physiologisch ungenauen und vergleichsweise schwankenden Begriff geworden ist. Welches Alter haben »Die Alten« von Alphonse Daudet? Sagen wir, dass meine Alten fünfundsiebzig Jahre alt waren, was bedeutet, dass sie mir in fünfzehn Jahren als sehr viel weniger alt erscheinen werden.

Die Place de Clichy befindet sich am Kreuzungspunkt von vier Arrondissements, die jeweils von ganz einschlägigem und gegensätzlichem Charakter sind. Unsere Nachbarn waren eher bürgerliche Menschen des VIII. Arrondissements als einfache Leute aus dem XVIII. Er weißhaarig und im hellgrauen Anzug, sie im hellvioletten Kostüm und mit kastanienbrauner Dauerwelle. Man konnte sich vorstellen, dass er *Eau sauvage* von Dior auflegte und sie *L'Air du temps* von Nina Ricci.

Sie hatten zärtliche Blicke füreinander, wie es in den Romanen heißt. Ein noch frisches, wenn auch nicht mehr ganz neues Einvernehmen, das sie über die Zeiten hinwegzuretten gewusst hatten. Der Mann tat eine Bewegung auf die Frau zu und strich ihr mit dem Handrücken ganz leicht über die Wange. Sie lächelte, schloss die Augen, neigte zierlich ihren Kopf, um sich der streichelnden Hand anzuschmiegen.

Es war ein Augenblick von hinreißender Jugend, der kurze Moment eines geteilten Zartgefühls, der besagte, dass es für uns kein Alter gibt, auch wenn zuweilen die Wirklichkeit des Körpers Besitz von uns ergreift.

Die Geste des Mannes war meiner Mutter nicht entgangen.

Sie hob kaum den Bick von ihrem Teller und zischte mir leise zu:

– Was für ein alter Idiot.

Ich habe sofort verstanden, dass sie nur von ihm sprach, nicht von ihnen. Nicht eine Sekunde, das merke ich erst heute, habe ich an dem Singular gezweifelt. Gleichsam um meinen ersten Eindruck zu erhärten, hat sie umgehend hinzugefügt:

– Nun ja ... Umso besser für sie.

Ich habe nicht geantwortet. Meine Mutter hat immer gesagt, was sie dachte, gedacht, was sie sagte. Diskussionen waren zwecklos. Guy war auch immer »ein Idiot« gewesen. Kein Tag übrigens, an dem sie es ihm nicht unter die Nase gerieben hätte.

Oft setzte sie mit einem verächtlichen Seufzer hinzu: »Aber ob er oder ein anderer ...« Unfähig, allein zu sein, hatte meine Mutter entschieden, sich mit jedem Dahergelaufenen einzulassen.

Die beiden alten Liebenden neben uns tranken lächelnd ihren Kaffee. Gemeinsam siegten sie über die Zeit, sie machten einem fast Lust aufs Älterwerden.

Ich habe mich gefragt, ob meine Mutter über einen jüngeren Mann nicht einfach nur gesagt hätte: »Was für ein Idiot.« Ob es das Alter war, das zum Idioten machte, oder die Liebe. Ich neige zur zweiten Option. Ein Mann, der liebt, ist ein Idiot. Eine Frau, die liebt, ist eine Idiotin. Was für eine Idiotie, die Liebe. Meine Mutter hat ihre eigene Art, Prévert zu paraphrasieren.

Und die Lehrjahre meines Herzens enden nie.

XVIII

ALL DIE GLÜCKLICHEN FAMILIEN

»All die glücklichen Familien sind einander ähnlich;
jede unglückliche Familie ist unglücklich auf ihre Weise.«
Tolstoi, *Anna Karenina*

Ich weiß nicht, ob Tolstoi recht hat.

Ich habe nie von einer anderen Familie geträumt, und erst lange nach meiner Flucht habe ich mir die Frage gestellt, ob meine Familie unglücklich war. Ich spürte vage, dass etwas nicht stimmte, sehr früh wollte ich fortgehen und sehr früh bin ich gegangen. Bei meinem Stiefvater gab es zu wenig Vater, bei meinem Vater gar keinen Vater, und bei meiner Mutter zu viel Falsches und kranke Liebe.

Dieses Ausreißen habe ich nicht als ein echtes Zerreißen empfunden. Ich habe nie den besonderen Wunsch gehabt, mich in irgendeine Ahnenreihe einzusortieren. Wäre ich ein Jude, ein Schwarzer, ein Araber, wäre ich wer weiß was gewesen, dann hätten sich die Versuchungen der Herkunft gewiss stärker bemerkbar gemacht. Vielleicht wäre ich eines

Tages ohne wirklich nachzudenken dahin gekommen, meinen »Stolz« darauf zu proklamieren, eben ein Jude, ein Schwarzer, ein Araber zu sein, auf diesen Patriotismus des Blutes, der, was den Grad an Dummheit angeht, dem Patriotismus des Bodens ebenbürtig ist. Aber nein: Als kleiner weißer katholischer, in Paris geborener Junge hatte ich nichts Exotisches an mir, und dank der Schwäche meiner Herkunft und einer fehlenden Überlieferung ging mir jedes Gefühl für einen Stammbaum ab. Und außerdem: Wäre ich Jude gewesen, hätte ich ja obendrein noch eine jüdische Mutter gehabt.

Ich schreibe mich nirgendwo ein. Ich habe entschieden, nichts zu sein – was, wie ich bekenne, wenig Anstrengung erfordert – und mich daran zu erfreuen, scheint es mich doch gegen jedweden identitären Wahn zu feien. Mir ist klar, dass man ebenso das absolute Gegenteil vertreten könnte, dass man sich dem anderen erst dann wirklich öffnen kann, wenn man selbst auf einem festen Grund steht. Aber die Zugehörigkeit ist ein glitschiges Terrain, und das mentale Gleichgewicht des Erbauers von Stammbäumen, diesem Wesen, das so sehr danach strebt, von etwas abzuhängen, sowohl in absteigender wie in aufsteigender Linie, erschien mir stets etwas zweifelhaft. Die prätentiösen Verästelungen dieser Familienkonstruktionen wirken auf mich stets wie Spuren im Schnee, wie sie Tiere auf der Flucht vor ihren Feinden hinterlassen. Mir gefällt der Gedanke viel besser, dass vor nunmehr achthundert Millionen Jahren mein Vorfahre, den ich mit dem Seestern gemein habe, ein mikroskopisch kleines Tier ohne Anus war.

Doch gibt mir meine Lebensgefährtin, die diesen Text liest, zu bedenken: »Hey, nun tu nicht so, als ob du niemandem irgendetwas verdankst, denn das ist nicht möglich. Ich kann mich irren, das kommt schon mal vor, aber falls du wirklich glaubst, deiner Familie nichts zu schulden, dann gehe dieser Frage wenigstens etwas weiter nach, sag etwas darüber. Nun ja ... ich ahne schon, du wirst es eh machen, wie es dir passt.«

Natürlich hat sie recht – wie immer. Ich bin bunt zusammengewürfelt, sie weiß das, ich hänge an ein paar Fäden und ich bin so vielen Menschen verpflichtet, dass ich sie nicht alle nennen könnte. Wie sollte ich da nichts von meiner Mutter, von meinem so abwesenden Vater und selbst von Guy an mir haben? Aber das ist eine andere Geschichte, und ja, ich mache alles, wie es mir passt.

In Büchern, die einer Mutter gewidmet sind, finde ich mich nicht wieder. François Mauriac will Rache, Albert Cohen Vergebung, Romain Gary Trost. Nichts ist ein größeres Tabu als die Abwesenheit von Liebe und die Entzweiung. Zweifelsohne ist das Nichts kein Thema.

Das ist nicht ganz richtig. Ich manövriere, spiele den Gleichgültigen. Wir entgehen nie dem, was uns gefehlt hat. Ich hatte schon zu viel Mutter, um eine andere zu wollen, aber ich habe mir andere Väter erträumt.

Ich träumte von einem Vater auf der Flucht. Er kommt heimlich zu mir, um seinen Mördern oder der Polizei zu entkommen, er bleibt an meinem Bett und erzählt mir flüsternd seine Abenteuer, und dann verschwindet er wieder, durchs Fenster.

Ich habe von einem Vater geträumt, der Bauer wäre. Ein großer Schweiger, der spät heimkommt und sich über mich beugt, wenn ich bereits schlafe, er riecht nach Stall, und an diesem Geruch, der die ganze Nacht über bleibt, erkenne ich, dass er gekommen ist.

Ich habe von einem bewunderten Vater geträumt, der in einer Arbeit versunken ist, von der ich nichts verstünde. Er schreibt an seinem Schreibtisch, im Schein der Lampe, und blickt plötzlich zu mir auf, lächelt mich an.

Ich habe von einer einfachen, reinen Liebe geträumt, die man ohne Rückhalt gibt, bedingungslos. Als ich Vater wurde, wusste ich sofort, dass es keine andere Liebe gibt.

Die Liebe. In *Reise ans Ende der Nacht* schreibt Céline: »Ich habe sie sehr wohl und sehr oft gespürt, die Reserven an Liebe. Davon gibt's 'ne ganze Menge. Da gibt's keinen Widerspruch. Es ist nur eine Schande, dass sie alle so säuisch bleiben, bei einem solchen Vorrat an Liebe. Das kommt nicht raus, das ist alles. Das steckt da drin fest, das bleibt da drin, das dient ihnen zu gar nichts. Sie krepieren von innen daran, an der Liebe.«

Diese Sätze hatte ich als Jugendlicher in mein Zitateheft abgeschrieben, gelb, mit Spiralbindung – und dass Céline so recht haben konnte und dabei selbst so verächtlich war, bleibt mir ein Rätsel. Ich stimmte zu. Ich stimme immer noch zu. Und wenn ich so sehr den Kommunismus gewollt habe, dann nicht nur, weil er Gleichheit und Gerechtigkeit versprach, sondern auch, weil er der Liebe, die in uns ist, erlaubt hätte, sich auszudrücken. Im Grunde sind das vielleicht die zwei Seiten ein und derselben Medaille.

*

* *

Ich denke oft an die letzte Szene aus *Taschengeld*. François Truffaut spricht selbst durch den Mund des Monsieur Richet, des Grundschullehrers, der von Jean-François Stévenin gespielt wird. Ein Kind, Julien, wurde misshandelt, von seiner Familie geschlagen, er kommt »ins Heim«. Die Kinder sind gerade auf dem Sprung in die Ferien, einige verlassen die Schule, um danach aufs Collège zu gehen, und Monsieur Richet sagt ihnen: »Eine seltsame Art von ausgleichender Gerechtigkeit bewirkt, dass diejenigen, die eine schwierige Kindheit hatten, oft besser gewappnet sind, um das Erwachsenenleben zu bewältigen, als diejenigen, die behütet oder sehr stark geliebt wurden. Das ist eine Art Kompensation, eine Art Gesetz. Später werdet ihr Kinder haben, und ich hoffe, dass ihr sie lieben werdet und dass sie euch lieben. Um ehrlich zu sein, sie werden euch lieben, wenn ihr sie liebt. Andernfalls werden sie ihre Liebe oder Zuneigung, ihre Zärtlichkeit auf andere Leute oder andere Dinge übertragen. Denn so ist das Leben nun einmal gemacht, dass man nicht sein kann, ohne zu lieben oder geliebt zu werden.«*

Ich war kein armes, geschlagenes oder misshandeltes Kind wie der kleine Julien. Ich beklage mich nicht. Ich weiß, was ich meiner seltsamen Familie verdanke, ich weiß, was ich dem Mangel und was ich dem Zuviel verdanke.

Wenn das Leben daraus besteht, die in der Kindheit aufgerissenen Gräben zuzuschütten, dann weiß ich, warum ich das Lachen so liebe, das nie bis zu uns durchdrang und sich bestenfalls wie ein Einbrecher einschlich, dann weiß ich, warum ich mir immer wieder Wahlfamilien suche, warum mir meine Freunde so teuer sind.

Da ist auch meine Zerbrechlichkeit, meine Überempfindlichkeit. Louis Jouvet sagte zu seinen Schülern: »Seid bewegend, nicht bewegt.« Aber ich schaffe das nicht. Allzu oft lese ich einen Text, und meine Stimme wird lautlos, meine Kehle

---

* *Taschengeld (L'argent de poche)*, Film von François Truffaut, Drehbuch und Dialoge von François Truffaut und Suzanne Schiffman, Films du Carrosse und United Artists, 1976.

schnürt sich zu, meine Nase verstopft, meine Augen werden feucht, und ich kann die Tränen kaum zurückhalten.

Das ist unangenehm. Ich habe versucht herauszufinden, was mich verwirrt, habe versucht herauszufinden, wo die Bruchlinien verlaufen, aus denen dieses Übermaß an Emotionalität hervorbricht. Ich, der ich meine Freunde ohne exzessiven Tränenfluss beerdige, bin nicht in der Lage, laut und bis zum Ende das *Buch der Prediger* zu lesen oder jenes Gedicht von Aragon, *Rose und Reseda* (»Er, der an den Himmel glaubte, er, der nicht daran glauben konnte ...«), oder eine Namensliste von Personen, deren aschenes Schicksal ich kenne. Irgendetwas in mir zerbricht, und ich muss innehalten. Aber ich habe entschieden, dass dieser Spalt vielleicht meine Stärke war, dass das Leben durch diese feinen Risse in mich eindrang.

Ich weiß auch, dass ich die Welt verändern wollte, weil ich weder in der Welt meiner Eltern leben konnte noch in der Welt, wie sie war, weil ich darin nicht atmen konnte, dass ich sie verändern wollte, bevor der Wunsch hinzukam, eine neue zu erfinden, meine eigene, meine subjektive Schöpfung, in die ich andere hineinziehen würde. Schreiben wäre mein Privileg, um gleich mehrfach von der Welt zu profitieren, um ohne Ende meine eigene Unzufriedenheit zu genießen.

Mein Vater und mein Stiefvater sind tot, meine Mutter ist verrückt. Sie werden dieses Buch nicht lesen, und ich fühlte mich berechtigt, es endlich zu schreiben.

Ich weiß nicht recht, was es anderen als mir erzählen kann. Aber während ich meine Geschichte in all diese Wörter kleidete, habe ich verstanden, dass ein Kind manchmal keine andere Wahl hat, als die Flucht zu ergreifen, und dass es, bei aller Gefahr, die seine Zerbrechlichkeit mit sich bringt, seinem Ausbruch eine noch viel größere Liebe zum Leben verdanken wird.

Alle den einzelnen Kapiteln vorangestellten Zitate wurden von den Übersetzern ins Deutsche übertragen. Das deutsche Libretto der Oper *Lakmé* hat Ferdinand Gumbert verfasst.

© Cathy Bistour

Hervé Le Tellier wurde 1957 in Paris geboren. Er veröffentlichte viele sehr originelle Bücher, Romane, Erzählungen, Gedichte und Kolumnen. Seit 1992 ist er Mitglied der Autorengruppe *Oulipo* (Ouvroir de littérature potentielle), der Autoren wie Georges Perec, Italo Calvino oder auch Oskar Pastior angehörten. Seine Romane ›Kein Wort mehr über Liebe‹ und ›Neun Tage in Lissabon‹ wurden von Kritikern und Lesern begeistert aufgenommen. Zuletzt erschien bei dtv ›Ich und der Präsident‹.

Jürgen und Romy Ritte leben seit dreißig Jahren in Paris. Romy Ritte koordiniert die deutsche Abteilung des Lycée International Honoré de Balzac. Jürgen Ritte, Literaturkritiker, Essayist, Übersetzer, ist Professor an der Université de la Sorbonne Nouvelle. 2013 erhielt er den Eugen-Helmlé-Übersetzerpreis. Zuletzt erschien von ihm herausgegeben und übersetzt (mit A. Russer und B. Schwibs) die Ausgabe ›Marcel Proust. Briefe 1879-1922‹ sowie ›Georges Perec. Die dunkle Kammer – 124 Träume‹. Jürgen Ritte ist Herausgeber der Reihe ›Oulipo & Co‹ im Verlag Diaphanes.